沙潮集

吳俊賢 著

匯智出版

直率而曲折
——讀吳俊賢的散文

胡燕青

　　讀完年輕作家吳俊賢的散文集，像完成了一幅用幾千塊拼圖拼出來的圖畫，裏面是一個大男孩以及他的親友的合照。那孩子臉容複雜，為了拍照，他安靜地站立，在一眾親人的呵護下佔據着中間的位置，那是他的觀景台。外婆坐在旁邊，雙腳很規矩地合攏在一起。相比起來，勉強穿上鞋子的外公和吊兒郎當的父親都顯得有點模糊。祖父排在外圍，拿着孫兒的成績單。我隱約看到他驕傲的神色。祖父的右邊有一個穿唐裝的大叔，他很高大，臉上掛着說不清是誠實還是狡猾的笑容，唇線只向一邊翹起。姐姐摟着雙生兒坐在旁邊，一臉滿足。母親和她的兩個妹妹，讓我想起 Sense and Sensibility 那三個女孩，大姐輕鎖眉頭，認真的模樣與男孩有幾分相似，二妹手握畫板，目光投向鏡頭後更遠的地方。三妹捧着課本，旁邊還站着個嬉皮笑臉的胖漢，那是她的準丈夫。如果這張照片有甚麼吸引我，那就是男孩的手指正彼此施壓，明顯對拍照感到緊張。不過，他很認真，且努力微笑着，聰慧的眼睛顯得有點勞累。魚

尾紋尚未形成，但睫毛有一點濕。

　　吳俊賢的文學路走得很認真（或太認真），年紀輕輕就懂得怎樣運用隱喻，並且在延伸這些隱喻的過程中讓你看到他內功深厚。他要讓人人都知道他掌風的走向和發功時的功率。其內力於〈皮膚病〉一文可見。這一篇給我的印象很深。濕疹的源頭是血緣。這一點，可以理解為基因的傳遞，也可以理解為家庭關係本身的錯綜複雜帶來的躁動。濕疹或可治癒，但這種運氣可遇不可求。這要看你如何成長過來。「忍一忍就過去了」的取態，未必不是更多濕疹的成因。不忍而尋找到人生的新焦點，反倒有天能克服其帶來的不安：一個新生兒的降臨，一個忽然感悟到的道理，一種善意的肯定，説不準就是對症的良方。

　　拿一個隱喻發展出一篇完備的散文，一般年輕寫手做不到，但吳俊賢在〈鞋子〉一文做到了。外婆幸運，雙腳沒有給纏成小足。反之，它們長得比較大。她一面慶幸自己的腳沒給碾壓欺凌，一面暗暗地遺憾它們的不美。各走極端的矛盾情懷呈現了當時的女性所處的環境。她的壓抑是她偏愛比腳小一點的鞋子，其審美聯繫着身為女性的自卑。與此同時，真正自由的外公卻是赤足走路的。外婆的痛比同期的女子少一點，但仍舊是痛；她的舒坦比當年的婦人多一點，但這偷偷摸摸的舒服仍舊是紀律的從僕。她守住了女性的本分，卻揮不去潛意識裏

的內疚和不忿。我讀過的、寫外婆的作品很多，這一篇非常突出。

抓娃娃是很多人的共同記憶。俊賢很早就明白這是一場冒險。正因為娃娃不容易抓，這讓小時的他誇張了抓到時的喜悅。

> 沒想到身旁的三姨會開口：「我的孩子今天生日，他說想得到那隻叮噹公仔，你能做個好心，替他放在較容易夾取的位置嗎？」我生於寒冬，那卻是個仲夏天，我有點不解地抬頭時，手腕傳來三姨警醒的一捏。工作人員頓了頓，整理洋娃娃的手凝在半空，瘦長的十指像極了爪子。他開始翻鬆着機器裏的玩偶，讓它們鋪放得不太緊密，然後出人意表的事情便發生了──他蹲下來，與我平等對視，說：「我讓你把叮噹放在你認為適合的位置吧。」
>
> ──〈夾娃娃機〉

就這樣，成年人撒了個無關痛癢的謊言，工作人員做些手腳，娃娃就落入洞裏，給小男孩俊賢抱在懷中了。可惜，相對於之前的期待，當下的歡愉沒有躍起，有的只是行騙的內疚。得失之間，娃娃到手了，也即時離開了，永遠喚不回之前的追求和渴望，瞬間成長是巨大的痛苦。俊賢於是開始明白滿

足的意義。滿足掛鉤於一種象徵，但不等同那種象徵。

　　細節是吳俊賢的拿手好戲，但細節有時也會拖人後腿。我集中細看一幅華麗的工筆畫的時候，專注力會被某些過分延伸的文字拉走了。不過，大多數時間，俊賢的細節都很有法度，使人驚歎於他的描寫能力。

　　　　臨出發前一周，爺爺囑咐我帶上考取全班第二名的成績單，往他辦公室去一趟。我沒想過他會大量複印，還過了膠（或許預知回鄉這幾天下雨）。「你看我孫子，全班考第二名，多不簡單！」爺爺用潮州話說，鄉親們恭維稱是，我有點無地自容，哪怕是全級第一也沒甚麼好炫耀，遑論是班中第二？白弟叔附和着：「後生可畏，後生可畏！」我有點汗顏，陪笑着，希望話題及早轉移，好讓我上洗手間解手，逃遁尷尬的場面。

　　　　　　　　　　　　　　　　　　──〈白弟〉

　　這段文字讀得我在深夜裏哈哈大笑起來。爺爺天真可愛，卻不大信任他的堂姪白弟叔。白弟，頗有「白底」的暗義，更何況他穿的是一套白色的唐裝？說親不親、說疏不疏的堂叔，標誌着這個大家庭的信任與猜疑。如同風箏與人手的聯繫，張力不大也不小，恰如其分地說明了親情的可調節性。抽離地述

說，也許可以提供另一個視點，還白弟叔一點清白。其實文章最後沒有答案，爺爺和俊賢各自為白弟叔繪出不同的形象，留出「信不信由你」的幽默空間。

〈擬物課〉一文的主題呼之欲出，補習學生需要用「擬物手法」寫出習作，但懵然不知他自己其實正在被看為一種「東西」。過程中，他開始相信自己愚鈍，覺得為難。寫作時，用「擬人手法」是天性，很多孩子自然就會寫，因為他們能夠用真心賦予萬物人的感情。但「擬物」對孩子來說實在太難，題目上還出現「屬性」等字眼，使人氣憤。小男孩淚眼汪汪，母親不明白其難處，只知逼迫補習老師助他解決功課的難題。夾在中間的補習老師成了教育路途上其中一個「壞人」，也十分難受。這篇短文有深刻的體會，尤其因為這位補習老師本是個寫作的人。

如果要我用一個詞來總結俊賢的散文集，我會說他的人生充滿了「壓抑」。此詞讀來可怕，但活在香港的中國家庭裏，人若不懂得適度地壓抑個人的欲望和動作，就會惹來可怕的摩擦。於是俊賢把誤殺鄰廠守門犬一事的恐懼埋藏，防煙門後有他抽泣的身影；外公外婆沒讓聰明的母親讀書，更沒讓充滿藝術細胞的二姨發展；醫生伯伯沒能當上真的醫生，只能為妻子的醫務所「執藥」；姐姐的家翁資歷不被認可，來港後被迫從事勞動工作——全都是壓抑。書寫壓抑究竟能否帶來釋放？外婆

過小的鞋子也許就是答案了。

　　壓抑之後，材質皆變。俊賢和壓抑對話，結果和這種情緒做了朋友。說不定偉大的作家都有過這種經歷——珍惜一時的自由奔放，卻不忘與現實保持充分的聯絡。是以我對俊賢的文學作品是有期待的。

趾縫的沙礫

—— 自序

　　散文集於計劃初期，我已定名《沙潮集》，前所未有地堅決，像父親殷切地為仍未誕生的孩子取名。

　　其實我甚少去沙灘，也從不參與水上活動，但童年赤足走沙灘的記憶卻是深刻的。沙粒幼細、零碎，像時間和經歷，稍不留神，抬腿的瞬間便從趾間溜走，不着痕跡。然而，澎湃的情感浪潮持續推湧，沾濕了沙，質地不再乾燥，而是軟糯的，黏附在腳掌和腳趾間，揮之不去，像無法忘懷的回憶。

　　回憶是何等主觀和狡猾的事物，它借助潛意識，或修改事實，或填補缺漏，使其變成你樂意相信的樣子。因此，我不能擔保書中所述完全屬實。仍記得高中任教中文科的江小容老師曾對我說，散文七分真三分假，有時不必太較真。那天旅行，同學都在沙灘打排球，唯獨我倆坐在樹蔭下，討論我的文章，正是有關爺爺和堂叔的糾葛。江老師鼓勵我多看胡燕青的作品，說她的文風應該適合我。我許下承諾，日後出版定必贈書給江老師。那時，我沒有想過江老師和爺爺數年後會離去，我

也沒有想過，胡燕青老師這個渺遠的名字，會出現在我第一本散文集的序頁。

散文是盛載回憶的最佳籃子，它坦誠、樸實，不像虛構的小說和虛無的詩。當然，在揭露個人經歷，尤其觸及深層感受時，往往羞於示人，畢竟我們自小被教誨謙卑內斂，不宜輕易暴露想法。於是我們逐漸物化，將感受藏在抽屜或紙箱，不見天日，壓抑後患上奇形怪狀的情緒病、皮膚病，求診醫治。幸好我們仍有文字，間接的表露，恰到好處的距離，權當宣洩的出口。

身邊人經常調侃，說我是個老頭，缺乏年輕人的魄力，寧願獨自逛公園也不愛參與派對；寧願在觀塘協和街買兩餸飯，也不往高質的餐廳用膳。但你仔細一看，「沙潮」二字，撇去感性的水滴，本質仍是「少」和「朝」，倘若沒有夢，這本書恐怕難以成型。寫作和生活一樣，從不是坦途，只能說途上的種種際遇，均是體會，均是歷練，均是生命裏不可或缺的板塊，拼湊出今天和明天的我。我期待十多年後回眸，以旁觀者身分打開此書，彷彿在翻閱別人的故事，耳邊縈繞甄妮〈明日話今天〉的餘韻：想到舊年，更多挑戰。

感恩路上遇過的人，我傾向相信，生命裏的每次邂逅，無論結果，都有意義。感謝我的親人，尤其父母和外婆，使我的童年雖短暫，卻很獨特。感謝我的摯友，同窗或諸位忘年交，

引導我踏上正途。感謝胡燕青老師樂意賜序，賦予小作重大的意義。感謝關生和秋弦的推薦語，你們讓我知道文學路雖不易走，但也不孤獨。感謝羅生幫忙，使本書得以誕生。最後感謝我的學生，你們的支持時刻提醒課上的我，不要忘記我遺留了一個影子在校門外，等待與我縫合，課後登上一輛巴士，繼續前行。

受潮的沙雖然纏人，我卻捨不得沖洗。

目 錄

■ 第三輯：季節

第一輯

封箱的記憶

潮

那天我目送學生離開後，便把桌子搬回原來的位置，怎料其中一張桌子的抽屜會滾出一枝中華牌鉛筆，筆端落地時斷了開來。我撿起這根紅黑相間的鉛筆，短得一個拳頭便足以裹住，金色的產地名稱已經削去，歲月把它刨剩僅餘的 6151 和 HB。筆頂那顆紅色橡皮擦丟失了，發黑的金屬帽子只留下一個空洞的缺口。往裏面一探，石墨不偏不倚在木條的中軸，黑色一點的圓心，像一隻沉睡後睜開的眼，正待着甚麼回憶來填補空缺。

我知道紅色橡皮粒是在成熟的一天墜落的，像一個熟透的果實，兒童嘴裏的乳齒。外婆用右手撐開我微顫的嘴縫，左手手指便往裏面探起來。「嚟乜應」（無鬼用），外婆說。從那隻搖擺的乳齒背後我感覺到她暖暖的指頭，上面帶着鹹菜和黑橄欖的味道。外婆忽然一叫，牙齒就這樣離開了我。只是我沒料到，脫落的牙齒會被外婆盛在一個空益力多瓶內，安放床下。往後，我的鼻子湊近那個瓶口時，我沒法判斷那陣刺鼻的酸味，到底來自牙齒，還是瓶內未洗淨的益力多。

　　外婆説這樣能夠讓乳齒變成一個十元大餅。夢中，我蹬起腳跟，遞上一個十元硬幣，「唱」了十個一元。在文具店門前，我把銀幣逐一卡進小小的縫隙。那部扭蛋機方方正正，四面圍着透明的板，我從中瞥見了色彩紛呈的彈彈波在堆疊，可是機器的出口缺了塊隔板，彈彈波躍出時會直接滾到商場的地板，一顆接着一顆，在紛亂的行人腿間跑跳。直到我在商場的死角把它們撿起時，彈彈波的表面已黏上均勻的微塵，而且都是清一色的鮮紅，奪目而刺眼。夜深的客廳裏，我睜開失望的睡眼，神枱的紅燈正好刺進我眼縫。

　　一天，我把一個彈彈波丟進浴盆的時候，濺出的水把外婆的衣尾弄濕了一片。球落在我交叉的大腿，隨着斜度慢慢滾到我的小雞雞。浴盆不過是個從街市的實惠店買回來的、特大的紅色洗面膠盆，我每晚都要像打坐般盤曲着腿才能洗澡，撐着撐着，盆子顯得不怎麼圓了。都怪那天，我只顧在街市魚檔旁的紙箱前傾着身，看弓起腰肢的貓用爪刮自己的窩。直至紙皮豐富的層次被刮破，露出濕漉漉的地磚時，外婆已提着面盆回來。那時面盆還是以一種完整的姿態出現，像剛扭出的彈彈波。

　　我希望沐浴時能夠舒展雙腿，可在未能實現夢想之前，唯有依靠玩具在洗澡時添一點紅以外的顏色。那天媽來了替我洗澡，她用一塊破了個大孔、洞口拖着絲的爛布擦我的背，「咁

大個仔沖涼仲玩玩具」，媽用布托起一把水，可惜還未到達我的肩頭，水已經從布的破孔流出去。我想起中午重播的電影。「肥阿直（阿叔）在浴缸都玩玩具啦！」我回駁說。媽想追問肥阿直的來頭時，側了側身，見我手裏握着一隻黃色的小鴨玩具，是能夠浮在水面，按下去會悲鳴一聲然後聽到外公從陽台破口罵一句「側時撚」（吵死人）的那種。「咪！你第日想做鴨咩？」媽總是說我聽不懂的話。

　　我想起那天媽和我搭小巴落「官塘」，我們在那個叫「超群有落」的站下車，媽拉着我的手腕急速地走，暗指路旁幾個女人，跟我說那些是「雞」，搭理不得。我匆匆走過的時候，仰視她們一身艷麗的打扮，浮凸的胸部把她們的臉遮擋了一大截，她們有着一股我從外婆和媽身上嗅不到的氣息。那時的我雖然不知道「雞」和「鴨」是甚麼，可是從廚房的百葉窗後，外婆向媽投來的凌厲目光看來，這大概又是成人世界裏的一種禁忌。

　　每逢初一十五，外婆都會大清早起床，跪在神枱前喃喃誦經，地上會擺一隻白切雞和一尾烏頭魚。紅光灑落她微微俯下的臉上，從她一臉的誠懇，我想到自己床下的益力多瓶。那個瓶子最終都沒有醞釀出奇跡。我豪爽地「唱」散一個十元大餅，然後彈彈波在屋邨商場地上爭相跳躍的盛況只能靠現時的寫作去實現。外婆抬起臉，神枱為她乾瘺的面頰染上久違的緋紅，像黃昏時，在陽台看見的天上的紅霞。她從廚房那個貼了個

「滿」字的藍色米桶旁搬出一個紅色的化寶桶到後樓梯。這個桶除了內圍一片焦黑，容量其實比我的浴盆要大，我說以後不如讓我在裏面洗澡。隔着升騰的煙幕，外婆的面容搗成了流水狀，我卻清楚看到她瞪了我一眼，好像暗示後樓梯有我和她以外的第三者，着我要小心說話。

防煙門後的確有個人影飄移過來，我心頭一緊，幸好紅紅火光之下，我聽見手推車輪滾動的聲音，然後那充滿節奏感的男音便響起來：「收買舊電腦啊舊收音機──收買舊喇叭啊舊擴音機──」我真懷疑這千篇一律的語調，是收買佬用二手收音機錄製的一段廣播，每天就在各個樓層環迴播放。其實我並沒有真正見過收買佬的樣子，每天他的聲音在門外迴盪時，鐵閘上方外公掛上的簾布正隨風飄揚，擋住了他神秘的面貌。有時我急步走到閘前，掀起薄薄的布，只見一個乾瘦的背影推着一輛空空的手推車，逐漸在走廊的盡頭消失。

媽上周買了一部新收音機給外婆，外婆昨晚在陽台說要把那台笨重的有線收音機賣了。我眨眼示意外婆去攔住收買佬。她搖了搖頭，丟了兩枚「劍時」（紙縈）進紅桶子，用鐵叉協助火舌將其吞食。外婆就是這樣的人，寧願讓沒用的東西佔據角落，也不選擇更有效益的方案。可是現在想來，或許我的血液裏也流淌着她眷舊的基因。

就像茶几上那個底部下陷的小鐵鍋，永遠盛着幾匙午餐剩

下的粥水。有時一頭蒼蠅飛了進去，兩條靈活的前腿挑撥厚厚的粥衣，初時我會揮擺着手把牠們驅趕，可是後來我知道蒼蠅是我們家文化的一部分，只要湊近一點，便不難察覺到蒼蠅擁有棕紅色的複眼，在牠們的眼睛裏，生活只是單調的重複，哪管紅來自神枱、浴盆還是化寶桶。我竟對蒼蠅生起憐憫，於是以後近距離觀察也更小心翼翼，生怕會打擾牠吃粥衣。外婆見我看蒼蠅看得出神，笑說難怪你沒「拼腰」（朋友），電視有叮噹我不看，偏愛尾隨她到街市窺看那些紙箱裏的貓；課後小組不參與，偏愛用透明膠紙把陽台地上的螞蟻黏成密密麻麻的小黑點；現在又蹲着觀察蒼蠅。我想，反正我不愛粥，便讓蒼蠅吃掉吧。可任憑粥的表面冒出多少個洞，那個搖搖晃晃的鐵鍋仍會端上晚餐的桌。

　　吃白粥的晚上，外公碗邊那幾顆黑糊糊的橢圓形物是我生存的動力。但凡外公唾液沾過的東西，我只有橄欖核不怕，儘管我心裏清楚，它比陽台那副撲克牌散發更多焦油和尼古丁的味道。每天課後，我會把小摺枱挪到陽台去做功課。這時將近黃昏，斜陽把屋邨的上空都染了紅，彷彿後樓梯仍有未熄滅的火種，火舌噴湧上天渲染成眼前的晚霞。桌上原本黃色的，底頁印有九因歌的練習簿都變了橙色，手裏的中華牌鉛筆似乎更紅了。這枝鉛筆用得短短的，已經削到 6151 字樣的位置，卻在我的手腕下拉出一條長長的影子。外公用舌尖舔了舔手

指，再抽出一張撲克牌，那張放到一旁的葵扇煙，雪白的位置都露出微黃的痕跡，牌的邊兒都浮起潮濕過後風乾的浪紋。外公數錢時也會舔指頭，手裏的鈔票好像頓時貶了值。我跟他去郵局，櫃枱明擺着個圓圓扁扁的綠色小兜，裏面有塊潮濕的海綿，他卻偏要把郵票放到嘴前用舌尖舔一舔。

想着想着，竟混淆了加減算式。我把鉛筆倒置，用頂上的橡皮塗擦，卻割破了脆弱的油印紙，缺乏色彩的工作紙頓時多了一條鮮明的紅痕。我第一次發現原來橡皮擦也能遺下色彩。我找不到任何可以補丁的物料，最後一節膠紙給我昨天黏螞蟻用盡了，膠紙座上只有一個光滑的膠圈。我順手從涼了的粥裏挑了一點米漿彌補缺口，嚇走了蒼蠅，也忘了老師最後如何處理這張工作紙。

每年外公生日，我都會存錢去文具店買一副全新的撲克牌給他，但黃色老虎的盒子只會擱在陽台，像磚塊一樣堆疊成牆，它們都蓋了薄薄的粉塵，透明包裝套上，紅色的開封條仍然完好無缺。我為這事跟外公賭過氣，看着他那副舔得褪色的撲克就厭煩。我坐在屋邨商場房屋署的立體標誌上。標誌近看似個井字，遠看像個紅色的扭計骰。我心裏憋得發慌，握着一顆彈彈波，想起爸曾經說過，他小時候心情不好會往河邊拋石子，只要盪出漣漪，發出咚的一聲就有治療心靈的果效。我手臂一展，一個彩色的球體沿着梯級跟蹌而下。我好像眺到下方

的噴水池，一圈漣漪搗碎了紅霞的倒影。

我稱彈彈波為波而不是球，大概因為潮州話是種粗俗的語言，一種兒時的我不知道會為日後的我帶來多少尷尬的方言。在潮州話的語系中，再多的錢也只是「紙」，品嘗一杯美酒也會變成「食蕉」，數字 9 換上了第一聲，連「海」也會引發污穢的聯想。小學高年班的時候，同學間興起一種叫潮語的語言體系來，我對此饒有信心，只是後來發現他們嘴裏吐出的潮語與我的大相逕庭。

當第二十顆從外公嘴裏吐出的橄欖核墜落客廳碎石紋地磚時，我盼望已久的儀式終於來臨。我和外婆蹲在陽台和客廳之間，鐵欄外的陽光照亮了一地橢圓形黑色的核。在地上待了一周的核質地乾燥，一根根縱向的紋理連接兩個尖端兒，我知道最深的那道痕便是它即將裂開的位置。新加入的橄欖核還未及擦拭，仍黏着帶有唾液的米漿，色澤比其他的都要深。外婆高舉錘子，欖核裂開兩半，嫩白的果肉便冒出了頭。外婆把它放上我舌尖，我的牙齒碰到她暖暖的指頭，合上嘴，便嘗到一種嬰兒身上獨有的、曖昧的酸奶味。「你聽過禾稈冚珍珠嗎？」我問外婆，這是《真情》教我的。「哇悟拔（我唔識）」，外婆說。我滿意地笑起來，自以為學會了一句新鮮的潮語。

後來，蒼蠅擦了擦前足，飛到一個廣袤的國度，縱使景色艷麗，在複眼看來仍是乏味的重複。化寶桶搬回廚房，放在一

個永不常滿的米桶旁邊，後樓梯的地上散了一地的灰屑。離開屋邨的時候，我沒有靠近噴水池，撈起那顆屬於我的彈彈波。

現在我知道，那天電視上在浴盆裏玩玩具的肥阿直是喬宏，他曾飾演患有老人癡呆症的家翁，那部電影名叫《女人四十》。那個叫「超群有落」的站，只是康寧道斜坡的一點。「超群」是一間餅店，這個位置的鋪頭結業已久，可是卻成了小巴乘客每天有共識的落客站。現在觀塘重建，從「超群」下車朝裕民坊的方向走，便可以見到一手盤凱匯（媽戲謔為曖昧）的設計藍圖，一塊綠化都市的美好面貌，就在幾個妓女和對面馬路憑欄眺望的老伯面前豎立起來。

鉛筆摔在地上，筆芯斷折開來。

我從教師桌的抽屜找出刨筆機，握着長臂打圈，筆桿已經削得只剩一節指骨的長度。敞開透明的小抽屜，鉛筆屑堆疊起來，像一朵朵盛放的紅花。我把削尖了的鉛筆安放回抽屜，裏面放着一本書，書頁夾着一張小卡紙。從外露的黃色小繩看來，那是中華牌鉛筆附送的小書籤。

筆頭那個空空的小金屬帽讓我想起紅色的橡皮，我在梯間往下走，腦裏有個彩色的彈彈波，正以我無法追趕的速度跨級跳躍下去，悄然無聲地。鐵鏽的滾輪聲由下層傳出，收買舊喇叭啊舊擴音機——我快步落樓，卻甚麼也找不着。我從走廊迴盪的聲音裏，幻想一個乾瘦的背影逐漸遠去。

皮膚病

皮膚病源於過敏。

皮膚科醫生說話時，臉上的口罩一抖一抖的，句子卻簡潔、銳利得彷彿帶刺，直刺進我的心思。「醫者仁心」的牌匾折射着光，我有點熱，手不自覺移到桌子下，大腿內側的位置，確保他沒有看見，才使勁搔癢。醫生在病歷卡上寫着潦草，眼神幾近漠然，我想像口罩背後藏着一個輕蔑的笑容，像爸。

我前往櫃枱，領取兩小盒含類固醇的藥膏，早晚搽一次。還有一排藥丸，但藥丸不被套進有貼紙的透明膠袋，而是銀色的獨立包裝，像藏着不能曝光的秘密。我知道那是抗生素，服用後能抑制細胞增長，讓我的身體不那麼敏感，大抵還有睡意，使我陷入昏沉的睡眠，擺脫焦慮和不安。

從石板街下來，踏着時而扁平時而冒起的石級，每一步我都走得格外小心，還要盤算下一步的落腳點。行走時大腿內側拉扯，破爛的皮肉一直在痛，因此邁步不能太大。我該知道，這是忍不住搔癢的結果，親密地抓癢過後，餘下的是疼痛與疏離。期間我忙着聽姐的語音。姐愛發語音訊息，好像從來沒法

準確拿捏文字。她的語音都很長，撇除一些拖沓和期期艾艾，實質內容或許只佔語音一半。可我還是會細聽，直至系統蕩起完結提示音。與她相反，語音讓我感到不適。顫抖的嗓子、句子間的遲疑和嘈雜的環境教我深惡痛絕，我把心一橫，指頭便往垃圾箱圖示的方向撥去，重新打起字來。我害怕歧義，更沒法接受關係存在誤解和猜疑。因此我發出的文字都經過雕琢和潤飾，咧嘴而笑的表情符號並不反映我的快樂，它只協助表露我渴望表露的寬容，掩飾不安，有關我和那人的關係和未來。

姐的聲音總是陰柔、纖弱，語音因此顯得綿長。她知道我濕疹發作，特意以過來人身分，建議我妥善處理濕疹皮膚的方法。濕疹是我的舊患，如我總是一個缺乏耐性的人，永遠焦慮和不安，難忍生活上些微的痕癢和乾燥，就像一句乾巴巴的回應，便足以叫我耐不住情緒，抓狂，直至傷口淌血。

我不知道姐少時也患有濕疹，一如她童年的遭遇，也是我成年後透過她或爸的敍述自行組織起來的。那時只知道姐跟我是同父異母的姐弟，擁有不同的母親，此外沒有其他特別的感覺，也無損我和姐見面時的歡樂時光。那時的姐寡言，沉默，頭髮留有前蔭，家庭飯局裏她的頭顱總壓得低低的，垂下的髮綹剛好能蓋過額頭上冒出的、密麻麻的暗瘡。我和姐未曾同住過，那時我也不跟爸媽同住，而是由外祖父母撫養。某些特定的夜裏，我便在鐵閘旁等待爸媽，待他們把鐵閘上的布簾掀

起，為我帶來短暫的樂趣，末了又倚在門邊，看他們消隱於走廊的盡頭。

那時的我看來，父母不過是個概念，一個關於生命的隱喻，不必然涉及呵護和承諾。爸向我訴說姐的痛苦，關於他和姐的母親的離異，以及前妻為挽留他的種種瘋狂行為，像在複述別人的故事。我盯着爸的臉，他皮膚黝黑，卻是光滑無破損的，像被髹上一層薄薄的銅，讓他在感情問題前永遠灑脫。那時我只是個初小生，爸卻好像巴不得我一夜成長，成為他的聆聽者。我會點頭，默許爸的一切，同時盼望他的目光會移向我，而不是愣愣盯着公園地上，一枚踩扁了的煙蒂。對於姐的童年和他的敍述，我沒有感觸，在那些只能透過想像來塑造的歷史裏，我是缺席的。那時我仍未得皮膚病。

童年是自我感覺龐大的階段。面對不合意的人和事，我們可以任性地回駁一句，或甩甩手，頭也不回地離開，再投入一片歡聲笑語，不必顧慮誰的目光。難怪孩子的皮膚總是幼嫩和光滑的。

臨盆在即的日子，姐因懷孕而濕疹發作。我坐在她床邊，輕聲安慰一句：「忍一忍，一切終究會過去。」像她的錄音，溫柔而綿長。姐躺坐床上，不便站立，兩個雙生兒的重量壓得瘦削的她難以平衡。嬰兒出生後大概有着白裏透紅的皮膚，但姐卻受着濕疹煎熬。那天她穿一件寬身的睡衣，質料纖薄，露出

了腿。我清楚看見腿上抓損的痕跡，潰爛的皮肉。姐在悵惘裏萎縮的身體，教我想起少時的她，那個由前額一撮髮絲擋去暗瘡，彷彿經年被一片陰霾籠罩的女子。

我知道劉海帶着甚麼隱喻，還有暗瘡和濕疹，凡此種種皮膚病。

那時爸時常隔着話筒與姐的母親吵罵。姐的母親是個直腸子的婦人，說起話來不饒人，她與擁有雪白皮膚的媽不一樣，是個乾瘦的女子，黝黑的皮膚跟爸很匹配。我受爸和姐邀請，第一次與她媽會面是在一家比薩店。整頓飯我都壓下頭，靜靜吃着薄餅，聽她媽的言論刺穿商場熙攘的人聲，然後漸漸察覺自己的存在其實是冗贅而不必要的。我渴望劉海為我擋去額頭的燙熱。我開始懼怕，怕她媽對我如對我媽一般，那般的恨，我甚至幻想進食期間她握起一柄切薄餅的刀，向我揮來。那時濕疹已經困擾我，吃兩口比薩，又得把手縮回桌子下，使勁抓癢。

姐的學業並不出色，她媽感到沒面子，因此尖銳的叱罵聲常在爸的電話那頭鬧出。爸讓姐接電話，彼端立刻回復平靜。稍後的對話裏，除了姐的嗚咽和哽咽，我甚麼也竊聽不到。我知道孩子不能多管閒事，只好佯裝收看動畫，然後想起姐的暗瘡。或許她洗臉時會耐不住，湊向鏡子，用指尖把暗瘡擠破，再塗上護膚品。又或許，她會選擇等待，在劉海的庇護下多

走一段路，讓難堪的情緒和別人的耳語在歲月裏逐漸萎縮、磨平，一天以光滑的皮膚展示我眼前。

不知從哪天起，我漸漸察覺身體的某一處開始發癢。那是一種發自核心的、必須搔癢的欲望。或許是那天，當媽帶着通紅的眼來叩外婆家的門時開始。媽與姐的母親不一樣，不會與爸吵鬧，她是服從和壓抑的，偶爾變得倔強，像我。那天爸不知何故離家出走，媽跟他失去聯絡，急得直發慌。我未曾見過這樣的媽，白皙的臉爬滿風乾了的淚痕，一眼眶的紅。我無法把那個盯着地板向我坦誠相告的爸，那個把武打片看得咬牙切齒、偶爾從座位躍起作狀揮拳的爸，與眼前逃潛的他交疊。

外婆着我回房間去，好讓她跟媽好好談談。其實我渴望參與討論，哪怕説上一句安慰的話也好。我總是那個缺席的人，一個只能活在想像中、以別人的憶述構想事情始末的人。我在昏暗的房子裏哭，淚就這樣流下來，不敢吭聲。抖動中，我感到皮下的腺體發麻，然後是癢。我未修剪的指甲，就這樣不斷搔，不斷搔，黑暗裏看不見抓得通紅的皮膚。

如今想來，這種小爭執，如媽偶爾的強硬，很快便會消退。媽的皮膚好，暗瘡和濕疹等問題很少纏上她，倒是皮肉太嫩的關係，常成了蚊子的獵物。外遊時，她的背包總帶着花露水和防蚊貼，為我們驅趕蚊蟲，在她身上卻不必然奏效。在山澗行走，她興致勃勃走動的腿會忽然停下來，我們怕她是否絆

到甚麼，只見她左右腿互相磨蹭，動作急速而焦躁，像一隻煩躁的鶴，不斷替換重心腳。我們替她噴上防蚊水，她的小腿卻已佈滿蚊叮子，如地圖上的板塊。

面對痕癢，媽的耐力終究比我強。她說蚊叮子忍忍就消了，反正不是大患，無阻旅途歡悅。生活上這樣的循環就時刻在她和爸之間上演——其中一方鬧情緒，小爭吵，和好如初。然而，那天房裏的我，卻把爸短暫的離去想成了災難，沒法停止哭泣。外婆安撫媽的情緒過後，媽像孤魂一樣飄到門外，回家，我掀起鐵閘的布簾，想向媽說上一句話，但始終說不出甚麼，只管哭。晚上外婆接了通電話，媽說爸晚飯時已回家，一切平安。我沒有向釋懷的外婆報以微笑。爸很安好，我卻仍感到喪失了很多，俯下身來，繼續搔癢。

我不知道，姐的暗瘡是否在這種情緒下萌芽的。

然後痕癢逐漸發展成濕疹，一個難纏的皮膚病。濕疹終究與困擾媽的蚊叮子不同，不會急速消退，而是一種隱性而深遠的、發自敏感的皮膚病。每逢乾燥季節，身體各處總會痕癢起來，多是一些隱蔽的位置。指甲耐不住把患處抓損，指縫摻入帶血的皮屑，發痛，然後懊悔。待患處的疼痛消卻後，傷口結痂，皮膚變厚，直至下次難耐的痕癢侵襲，便又把患處抓出血水和膿。

媽着我抓癢時隔着一塊布、衣服或褲子，這樣才不會抓傷

皮膚。但抓癢是親密的行為，我討厭隔靴搔癢的感覺，如害怕面對生命裏的一切不確定。關係裏只消有那麼一點微末的塵埃，已足以讓我過敏，渾身哆嗦，然後陷入抓癢的惡性循環。因此，我很容易便把那人的沉默詮釋成冷漠，然後繼續躲在房裏，用想像來編織事情的可能，塑造有關那人的一切，在那些我缺席的時間和空間裏。

　　夢裏，我時常看見一個熟悉的身影從鐵閘後離去，布簾在風中飄揚。早上醒來，我驚覺被單上撒落的、零零碎碎的皮屑，還有身體各處的鈍痛。查看手機，那人還沒有音訊。

　　童年是自我感覺龐大的階段。成長後遇上許多人和事，我感到自己慢慢萎縮，變小，回到床上瑟縮的那個我。皮屑掉落後我變得更敏感，衣物輕微的摩擦也叫患處發痛。升中後學會「皮囊」一詞，我便想像皮膚不過是一種偽裝，一層層包裹着我的本質。當我藉着不斷的搔癢來尋找本質時，才感到皮膚逐漸剝落，體積越來越小，沒等待本質出現，我已粉碎成橡皮屑似的虛無的存在，一堆等待被刷子掃去的皮屑。

　　飯後趁媽到樓下散步，爸取起遙控器，按下暫停鍵，熒幕上那個正要揮拳的甄子丹被凝固在瞬間，神情有點滑稽。從爸帶輕蔑的笑容看來，他大抵知道了我的煩惱，但他不能體會。不像我，他在感情上是灑脫的，一直如此。他曾說年輕時手臂長過癬疥，因此沒敢穿泳衣示人，造成不會游泳的遺憾。但我

何嘗不是？濕疹皮膚下，我拒絕穿短褲，體育課前悄悄躲在廁格裏更衣，逃避一切目光。只是爸往後再沒有皮膚病，黝黑的膚色似是百毒不侵。「天涯何處無芳草啊！」他總這樣說，然後滔滔說着年輕時的風流韻事。瞅着熒幕，我沒有細聽他的話。或許觀賞武俠片是他重拾敏感和激情的方法，就像賽馬日他站在電視機前，做出盡力策騎的姿態，在馬匹衝刺的一刻洩氣，或發出哀號，像肉從嘴裏溜出的獸。

假如媽聽到這一切，大抵會對爸調侃或駁斥兩句，然後又開啓另一場無甚意義的爭論，直至她掏出防蚊油，讓冰涼的滾珠溜過隆起的蚊叮子。

是的，以冰涼撫平一切。

姐在語音裏提醒我，敏感皮膚不要用熱水沖洗，只有冷水才有緩衝作用。像她的暗瘡，不擠破，用冷水洗臉，臉才不至翻起皮屑，加上適當的護理自然便會消退。語音後方是孩子咿咿呀呀的聲音，我能想像兩個外甥兒光滑渾圓的臉。忍一忍，一切終究會過去的。姐輕聲地說。

這才發現，熒幕上的暫停標誌，如同親密但保持距離的兩個人。

＊ 本文獲第十一屆大學文學獎散文組冠軍。

封箱的記憶

甫踏進餐廳，便見一棵聖誕樹聳立其中。燈泡盤纏樹身，閃着七色亮光，上面均勻掛上了雪花造型的吊飾。我選了一個靠窗的位置坐下，讓傍晚的金箔把我簇擁。

我很小便知道聖誕只是個童話。

兒時我愛踏入父母辦公室的樣板房，觀賞射燈下熠熠生輝的吊件。雪花、小鹿、天使——我繞着這個充滿聖誕意象的房間走圈，像是被他們逗樂的洋客，不論時節也能感受聖誕氣氛。要是學業成績優異，父親便允許我挑選心儀的產品作為獎勵。

我在樣板房裏做習作，常聽見房子外，母親壓低嗓門，以柔軟如詩的句子說服原料商降低價錢。掛上電話後，傳真機便鬧起響號。我想像一張白紙，纖薄如母親手裏翻閱的《聖經》紙頁，在機器的滾筒翻滾時印上了苛刻的價格，然後以辛辣的姿態吐到地上。

還有打字機的聲音。那時科技還未普及，打字機是手寫字以外最重要的輸入資訊的媒介。聽着門外的敲鑿，我便能感受

到母親逐漸粗糙的手指，在那部泛了黃的打字機上跳動，每一按都那麼有力，果斷不移地縫紉她的生活。打字機鍵盤凸出的英文字母不少已褪色。母親用箱頭筆為它們補上丟失的尾巴，洋客來訪時她會用一塊薄布把它覆蓋。打字機的文字不像電腦文檔，不能隨意選擇字體大小和風格，永遠是統一的胖子。字與字之間的闊度很大，同一列字母也顯得像生疏的陌路人。大概打字機只適合商人，用作表述機構名稱和產品編號，而不是抒情的文字。

　　沒有顧客來訪的日子，為了節省電源，板房天花懸着的射燈都會關上，飾物也因此變得黯然。做作業時我會偶爾瞥見垂頭喪氣的小鹿，黑暗裏稜角模糊的星，還有被長帽子遮黑大半張臉的聖誕老人。彷彿這裏的眾生皆要沉睡，養精蓄銳休養一個暑期，待深秋才慢慢張開眼，在冬季的舞台各放異彩。有時我會渴望自己成為飾物之一，垂掛在其中一個鈎子，以靜止的姿態沉思，被動等待下一個顧客把自己挑選出來，然後被送往一個陌生的國度，點綴別人的節日。

　　不知甚麼時候開始，樣板房裏的動物產品漸漸多起來，成為我搜集的對象。我喜愛小動物，但母親討厭毛茸茸的生物，於是寵物從來與我絕緣，除了有一次，父親不知哪來的興致，提議養魚，還買了魚缸和棗紅色的魚糧回辦公室。玻璃屏把我暗淡的臉倒映在魚缸裏，而金魚只管盯着魚缸外的世界發愣，

偶爾擺一下臃腫的身體賣弄富態，鱗片便會像射燈下的產品一樣生光。

　　我對寵物的渴望還是靠單單來滿足。一天父親告訴我，他買了一條狗回惠州的工廠，我急不及待要回去看看。父母把這條狗取名單單，寓意公司會有源源不絕的訂單，就像別人家裏的旺財。那個夏日，我從長途跋涉的幻想裏躍下，靠近這條拴在樹幹上的狗。單單是隻幼嫩的唐狗，額頭瘀青了一小塊，晶瑩的眼眸中透出惹人憐愛的神情。

　　廠房有賴窗外的日光照明，許多女工靠站在幾條長木桌前包裝產品。第一個女工彎下腰，把染了閃粉的產品從地上撿起，用刷子掃去多餘的閃粉；第二個女工在飾物頭上的小孔引線，那些線都是金色和銀色的，撩撥三兩下指頭便紮成了結，然後女工需要把吊飾小心翼翼地套進膠袋，生怕包裝過程太粗暴，會導致閃粉抖落透明袋底部影響美觀；最後的女工負責封口，她們將一疊平放開的產品頭卡摺疊、釘牢，產品便能放入紙箱，慢慢堆起來。

　　我站在生產線盡頭，紙箱裏的產品越積越多，近乎滿瀉的時候便協助封箱。我從後巷摩托車靠牆的夾縫抽出一塊新的紙皮，摺成一個箱子，封了底，才把沉重的箱子挪到無人的角落，把紙箱的嘴巴都糊得嚴密。一位女工忽然誇我，聲音遙遠卻在廠房裏迴盪。她的口音很濃，我能想像她嘴裏的舌頭，如

她經年俯下撿拾的背一樣捲曲。她束了馬尾以便工作，當風扇轉過頭時，馬尾擺動像單單拂動的尾巴。臉上的汗珠混雜閃粉，從閃爍的面部位置我大概能推斷她感到痕癢的地方。廠房裏本來鴉雀無聲，經她這麼一說，女工們都哄笑起來，一張張紅番茄般的臉瞬間都朝向我，而我卻不搭調地想起辦公室裏的金魚。那個搖擺滿是鱗片的身體，張着嘴巴等待餵飼的情態。

　　父親和廠長自梯間冒出了頭，女工們便又沉默下去。看着一列列的長桌，我忽然想起宗教課上，投影器顯示一張名為《最後的晚餐》的名畫，耶穌和門徒都聚集長桌前共進一餐難堪的盛宴。眼前的女工埋頭苦幹，手指迅速舒展又摺疊，我彷彿能聽見母親敲打鍵盤的聲音。她們必須追趕進度，趕緊在下午，貨櫃車那鯨魚一樣龐大的軀體擱淺廠房外的馬路前完工，再無暇仰起臉來讓我辨別誰更像耶穌，誰能扮演誰的門徒。猶記得那堂宗教課後，我的胸口彷彿遭到反芻的食物堵住，好久才能嚥下悶氣。如今這感覺就像回潮的海水，在廠房裏堵塞我的呼吸。

　　我走近樹蔭的時候，單單正伸出舌頭舔自己的腿，我把牠的腿托起，只見肉球上有斑駁的傷痕，額頭上的瘀青看起來更顯眼了。紫黑色的長舌都染了閃粉，陽光下閃耀起來，像燒臘店泛着油光的叉燒，等待饞嘴的路人將其救贖。樹底下除了雜草和蚊蟲，還有不少產品零件，都是些未裝上鹿角的小鹿，耳

朵旁邊有兩個陷入的缺口，還有折翼的天使、缺了角的雪花，和不遠處的海膽星。這討厭的產品大概是割傷單單的元兇。海膽星是一顆由許多個尖角組成的吊件，貌似小小的榴槤。每當有洋客參觀板房，海膽星總在橘黃的射燈下招展，彷彿身上每一寸伸展的肌膚都暴露於日光下，進行光合作用，使得荊棘長得更茂盛。我單從門縫窺探，便能感受到指頭泛起一陣痛。

那天下午的貨櫃終究堆滿了紙箱，準時出貨。我在樹蔭下陪伴單單，見證幾個外聘的苦力在深邃的鐵皮裏推着紙箱，在黑暗與光明之間徘徊。我憑字跡便能辨認自己封口的紙箱。箱頭筆寫下的文字生硬如打字機，紙箱看似平坦的表面暗藏坑溝，不管我的手腕如何穩定，寫得再用心，上面的文字仍舊不受控，仍舊顯得顫動不安。我站在廠房外的樹下，目送自己歪斜的文字被幾個碩大的身影推進隧道深處，想像它們在異國的土地重見天日。

我沒有想過單單會自此消失。

傳聞牠咬死了鄰廠的雞，得罪了人，所以招致對方報復。又有言牠在一個霪雨霏霏的清晨逃走了。那天我茫然追隨廠長，像飢餓的單單，試圖從他冷淡的臉上找出一點端倪，可他和父親一樣，寧可面向生產線說話。我獨個兒走到樹蔭下，孤獨的樹幹扣着孤獨的環，鐵鏈懸空垂着，彷彿在懺悔自己的失責。單單喝水用的小鐵盤像棄置的產品一樣，鋪了一層薄薄的

閃粉，靜待被遺忘。從葉縫裏陽光的照射下，銳利如海膽星的刺。

　　那夜我們往酒家應酬，圓桌上除了父母和廠長外都是些陌生的臉孔。上酒家前我們在車子裏顛簸，我因着單單的失蹤而慍氣，全程不發一言，只仰視窗外逐漸昏暗的天色和疏離的路燈。母親下車時微微屈膝，在耳畔警告我要展露笑容。席上我把自己摺疊，像麻雀枱裏的籌碼和背後長滿黴菌的木材。我忘了自己最後如何挺過這餐難堪的晚宴，只依稀記得席上幾個穿西裝的男人與父親舉杯祝好，面帶笑容。我盯着轉盤上無人認領的飲料發愣，不解為何涼茶要用鋁罐包裝，酒瓶裏盛着的又為何是陳醋飲料。

　　很久以後我才知道，那輛貨櫃車披着沙塵駛去的那天，我已漸漸學懂把自己的身體屈曲和收藏。隨着年歲的增長，我們的貨櫃不再空洞。在路上我們會把一些感受封箱，逐漸填塞那些原本無慮的日子，然後在顧客面前以閃爍的姿態展示自我。是甚麼時候開始，我越來越渴望成為樣板房裏，那一排被放置在掛鈎最內層的吊飾。不需美麗，不必微笑，或被挑選出來裝飾誰的節日，只管默默低頭存在着，哪怕生活的地方沒有光。

　　或許單單真是一隻招財狗，自牠失蹤以後，父親公司的生意便一落千丈。辦公室內打字機的聲音變得疏落，射燈亮起的日子也越來越少了，產品大多時間都活在一片死寂之中。除了

在樣板房完成課業，我還悄悄從文具店買來一疊原稿紙，把不能說出口的話都一概寫進去。偶爾在我寫作時，海膽星會禁不住寂寞，借助微弱的燈光露出鋒芒。那些叫我慄然的刺，彷彿直刺進我血淋淋的心臟。我抖着手腕，緊握筆桿，可是寫下的字體仍舊像紙箱上的筆跡那麼顫動不安。

我寧可相信，單單是遭鄰廠的主人尋仇。

我們都是樣板房裏的洋客，從記憶的陳列架上挑選深刻的片段，忽視一些無意識的活動如夢。直至某天，一些影像像過剩的產品，掙開封箱膠紙，然後溢出紙箱的邊緣，在日光下暴露鮮明的稜角。由單單在我生命缺席的那天起，我反覆做着同一個夢。夢把我帶回惠州的工廠，我從靠牆的摩托車夾縫取出一塊未摺疊的紙皮。鄰廠的守門犬朝我的方向眈視，然後從舒坦的姿勢中抽離，站起來吠叫，頸項上的鐵鏈因拉扯而發出吱吱呀呀的聲音。狗前傾着身，以兩腿站立作勢攻擊我。我隨手從地上撿起一顆未染上閃粉的海膽星，朝牠的方向大力扔去，不過想分散牠的注意力，或刺痛牠作為懲戒。眨眼間我已看不見丟出的星，只見狗張着扭曲的面容，以極其痛苦的神情盯着我。牠的頸部正頻繁地抽搐，擴張又收縮，偶爾低鳴哀嚎，再沒能吠叫。我沒法想像海膽星卡在咽喉的感受，只管握着紙皮潛入昏暗的廠房，以封箱膠紙的嘶鳴蓋過後門的低吟，然後把每個盛得滿滿的紙箱糊得嚴密。

大概我才是把單單害死的兇手。

我把這個秘密寫進原稿紙，然後把原稿紙安放在樣板房一個陳列櫃的暗格。裏面除了我的秘密，還有父親買的杯麵和即棄餐具，還有幾本雜誌，裏面那些女孩都穿得很少。這個暗格長期關上，像這裏的射燈，直至後來租金太昂貴，我們遷離辦公室時才敞開塵封的暗格，把裏面的感情掏空，放進垃圾袋全數丟掉。

我們不慶祝聖誕，也從不把吊飾帶回家裏掛。家是一個坦白的地方，不需要閃粉和射燈。金魚在我們搬遷前一周翻起慘白的魚肚，鱗片剝落，連屍體和未清理的糞便一同漂浮於混濁的水面。那時適逢年尾，我說剩餘的產品不如讓我送給學生，父母並無異議，母親把吊飾裝得滿滿的一袋交給我。學生看見閃爍的小鹿和天使吊飾高興得合不攏嘴，握在手裏把玩，像極了兒時的我。學生離去後我收拾掏空了的膠袋，發現裏面仍有一點重量，細看原來是一顆海膽星。它曾受盡洋客垂青，如今躺在膠袋的角落，像父母傾頹沙發上收看從不間斷的連續劇。

時間終究把他們的稜角磨鈍。

落地窗外的情侶肩並肩地走，聖詩隊戴上高高的帽子預備報佳音。父親今年提議吃聖誕餐，而我也是第一次如此閒適地感受這個節日。斜陽把最後一線光灑落餐廳的地板，我卻想起工廠的女工，和她們那些通紅的臉。

生果

疫症侵擾的時代，我城市民的健康意識前所未有地冒起來。除了往公園伸展，我們還會往超市裏擠，爭先恐後地挑選優質水果。放置在門口的生果小丘，往日無人問津，如今竟讓主婦們團團圍攏着。她們把小丘上的橙子逐一撿起，一忽兒輕拋，一忽兒掂量按壓，見不合心意的，直往丘峰拋上去，彷彿在拋擲一個願望。有時用力太大，生果堆積得過高，被棄置的橙會連同幾顆曾經被棄置的橙一同傾瀉而下，落在主婦手中挑剔的購物籃裏，好像作出某種申訴和報復。

我上前，從滾筒處撕下一個保鮮袋。袋的質料很柔順，而我的手指乾燥。我伸手到擺放急凍點心的冰櫃裏，沾一點霜，才能在保鮮袋上捽開一個缺口。我一手握着揉皺了的袋子，一手模仿主婦們掂量水果的姿態。事實上，我並不懂分辨橙子的優劣。它們都很飽滿，橙皮披着油亮的光。唯一的差異，大抵是臍子的位置，有的尖長有的內斂。我一般會挑選渾圓的，好像這樣感覺比較圓滿。

我排隊付款時，仍張着袋口，審查手中的橙子是否完好無

缺，眼角卻被身旁一盤燦亮的檸檬吸引過去。檸檬的形狀很統一，排列工整，蠟黃燦亮的顏色。身上橢圓形的貼紙讓我知道，它們都是嚴格篩選出來的菁英，我聯想到選美大賽，那些舞台上招展的美貌與智慧俱備的少女，她們的皮膚，觸上去可能也有檸檬微涼的圓潤的質感，隱隱能摸到點點的小疙瘩。兩個端兒的果梒子，還展現出曖昧的弧，像男嬰小小的陰莖，孕育生命和盼望。要不是身後推着購物車的大嬸探過頭來，暗示我前進，想必我會像參觀博物館一樣，放緩腳步，甚至駐足欣賞這座檸檬堆成的山丘，而不是匆匆付款、找續，然後被身後的隊列擠出超級市場。

　　我忽然記起那段迷戀生果的歲月。

　　我並非一個愛吃生果的孩子，但我愛觀賞它們未被切割時的形狀和色彩。幼稚園派發的填色冊裏，生果總是用作教授顏色和形狀（以及英文字母）的絕佳素材，讓學生因循紅色的蘋果、黃色的檸檬的恆常法則，為圖案填色。我曾經挑戰老師的尺度，為生果染上奇異的色彩。遇上這樣的習作，寬容的老師會加以鼓勵，視之為發揮創意的表現。嚴苛的老師會直接畫上大交叉，批語也不寫，回來的課業都冒起一個個礙眼的摺角。更多的老師會遲疑，畫上一個剔號加一點，我知道這是明哲保身的表現。

　　最越軌的一次，老師要求以海港為題，繪畫一幅作品。我

私下向老師請求要畫生果，但不獲批准。我最終畫了一個海港，水面浮蕩着不同類型的水果，斑斕的顏色幾近淹沒了海水的藍。派發作品時，我從老師的眸子裏看見了火，正熊熊燃燒着我引以為榮的畫作。她沒有把畫作撕毀，大概因為這是一件證物，好讓家長日上，她能向父母展示，藉此反映我性情的缺陷。我記得，她展開那片被生果擠得狹窄的海港時，神情還是激動和詫異的。或許她不曾想過，眼前這個乖順的學生，竟在生果面前，變得不可理喻地偏執和倔強。

那份偏執，假如必須給予理由，該是因為生果渾圓無害的特質，和它與生俱來的鮮艷深深觸動我。我認為生果讓世界變得融洽、繽紛和多彩。

家裏的神枱供奉着四個堆起來的橙子。讓其餘三顆承托起來的那個橙，有時因放置太久，而披上薄薄的爐灰。我會趁外婆在廚房手忙腳亂的當兒，把橙子取下來，在桌上把玩和滾動。這是個沉悶的夜裏，家裏缺乏玩具時，恒誘導我去取的。豈料推着推着，一個攔截不及，橙便從飯桌邊緣墜落。待我撿起時，皮已經有點發軟，墮地的部分塌陷下去，地板還傳來隱隱的橙香。外婆最終卻只怪責我，漠視事件的罪魁禍首是恒。她厲聲罵得我雙目通紅，我感到委屈，不敢作聲。可現在長大了，明白指桑罵槐的意思，才知道外婆罵我的話，其實都是說給三姨聽的，讓她管管她的準丈夫。而我總是桑，恒是槐。我

覺得自己就像那個作為祭品的橙子，承受一臉爐灰，最終還從高處墮下斃命。

　　然後我很慶幸，能夠在日本城找到模仿生果造型的擺設。這些擺設的像真度高，隔着包裝袋，生果的表面仍反照着亮光，像真的擁有生命似的。我對此愛不釋手。外婆盤算了好幾天，認為我與其把真生果摔得糜爛，倒不如買假生果給我把玩。過年還能擺在碟上，放在大廳一個顯眼的位置，充當盆景。那些假生果，除了葡萄以外都是發泡膠製的，簇新時會散發濃烈的塑膠的氣味。葡萄則由一顆顆淡紫色的透明塑膠顆粒製成，可以隨意按捏。我喜歡把它們從仿製的莖中一顆一顆的拔出來，放在盤子中，玩後便又一顆一顆，套進莖每個分岔出來的短小的枝幹上，恢復原狀。在把玩顆粒的過程中偶有丟失，那串假葡萄就像被噬了一口。

　　當外公從一捆香蕉撕下一條，向我遞來時，我看見蕉皮再不是澄黃色的。它的身體佈滿大大小小的黑斑，我對此感到焦慮，家裏廁所瓷磚的縫，最近好像也冒出這樣噁心的霉斑。這才發現，外公遞過來的手，掌側衰朽的皮肉上，也長出這樣的斑點，好像香蕉受了他的感染。那時正值沙士，家離淘大花園也不遠，我年紀雖小，卻成天對死亡這個未知概念懷着恐懼的想法。外公看穿我的遲疑，忙說起斑的香蕉頂甜，對腸胃更好。我不好拒絕，握着香蕉，它觸上去似乎比往常軟糯，好像

只消在陽台多放兩天，它便會像雪糕一樣融化，成為一攤甜膩的細菌，惹來蟻群聚攏。那時我仍天真地認為，所有事物，比如細菌，都能以肉眼，像顏色般輕易地辨別出來。

香蕉色澤的轉變，讓我驚訝地發現，原來生果是確切的生命體，即使它們早脫離了自己的根。外公買香蕉回來時，它們總是顯得青澀和拘謹，外公不讓我碰，説蕉仍未熟，得多放上兩天。然後香蕉悄悄變黃，變黑，過渡得很快，壽命出奇短暫。仍未待我張開畫紙，把它最美的色澤繪畫下來，香蕉已經邁入腐朽的生命階段。外公向家裏每人分發一條，讓我們在生果敗壞前趁早剝皮吃掉。起斑的香蕉確真很甜，放進嘴裏很綿爛，幾乎不用咀嚼便溜進喉嚨。它們也惹痰，吃後説話時，會感到喉嚨深處有塊薄膜隨之顫動，句子搗得有點碎散。

或許是那時開始，我習慣把水果稱為生果，賦予這種食物的，不僅是充沛的水分，而是生命力豐盈的想像。可是，在我的文章裏，小學中文老師執意把生果二字圈起，從旁畫上兩個方框，示意我糾正為水果。那時我認為老師是保守和迂腐的。

除了表皮的顏色和外形，我也喜歡生果的果肉。兒時回鄉，長途跋涉後又熱又渴，有位好客的鄉里見狀，三步併作兩步攀上祖屋門前的樹，像猴子一樣，一臂摟着樹幹，一手摘龍眼，扔下去，由另一位鄉里在樹下抱着竹簍子承接。外婆愛吃龍眼，但嫌貴，不常買回家。那天我們幾乎在祖屋吃了半輩子

分量的龍眼。龍眼的外皮像粗糙的砂紙，不討喜，可是內有乾坤。稍稍撕掉果皮，便能擠出晶瑩的果肉。它們鮮甜飽滿，多吃幾顆，暑熱全消。很快，盤子裏堆滿了烏亮的龍眼核，像一顆顆富有靈魂的眼球，凝看聚攏的我們。我把自己吐出的幾顆核，悄悄用紙巾包妥，裹回香港收藏紀念。後來我嘗試把它們埋進外公盆栽的泥土裏栽種，其中有萌發小幼苗的，卻很快又夭折了。美麗的生命終究如此短促。

這些從日本城買回去的假生果，現在有的仍在老家，讓外婆擺放在電視櫃上方。芒果的顏色顯得暗啞，挖開了的露出發泡膠的地方，外婆用黃色熒光筆填補露出的白。那串假葡萄，已經讓時間的嘴巴啃去大半，餘下的都沾了塵。生果在童年時代曾那麼絢麗，它們儼然藝術品一樣，擁有獨特的姿態和個性。美勞課上，當老師把這樣一個假生果擱在教師桌上，供我們進行素描練習時，我曾感到無比雀躍。我想起兒時，把假生果放進澡盆裏陪伴我洗澡，由於它們很輕，無論如何摁也不會沉沒。它們倔強地浮泛水面，我再次想起那個畫面，那個只能存活在想像裏，生果在一片汪洋裏浮蕩的畫面。

然而我知道，這樣絢麗的幻想是被禁止的。隨着成長，我們須放棄對繽紛顏色的想像，成人世界追求的色彩很單調，需要用以生存的顏色並不多。越是枯燥的顏色，像是純粹的黑和白，越能顯示個人的專業和莊重。我們也用顏色區別身分、種

族和政治取態，那麼單純和絕對，容不下別的色彩。家裏雪櫃放生果的隔層裏，揚開紅色的膠袋，橘黃色燈光的照射下，往往只見同樣色調的橙子、蘋果和雪梨，這類公認為有營養的生果，而不是芒果、荔枝或西瓜，那些儘管奇特美味，卻礙於濕熱、上火或寒涼而放棄的選擇。

眼前的檸檬如往昔一樣，燦爛光鮮。刺眼的黃教我想起，自己好像很久沒有凝望過一個完整的生果了。橙子多半以切片的半圓姿態冒出桌面，遺留的只有甲縫裏淡淡的酸。蘋果是讓我握在掌中啃咬的，進食時我的眼睛不離電腦屏幕，一邊無意識地把蘋果沿中軸緩緩旋動，喫去大部分果肉後，便把果芯輕易扔進垃圾桶。許多幼童也擺脫了 A for Apple, B for Banana, C for Cherry 的層次，邁進 A for Alligator, B for Biology, C for Centimeter 的年代。對生果的偏執似乎不合時宜。

生果僅為了攝取營養而存在。

我接過零錢，隨手把保鮮袋打了個結，放進身後的背包，橙子帶着記憶，使背包沉重了許多。我從超市門外擠出一掌消毒液，搓揉的當兒，回望店內一丘不甘平庸的榴槤。那渾身的荊棘，正深深扎進每個人的心坎裏。

夾娃娃機

我踏入這個光怪陸離的空間，朝每台綻放光芒的機器前進。洋娃娃在一板之隔的咫尺處堆疊成小丘，我構想爪子下墜的角度，如何才能把渾圓的公仔扣得緊。我似乎也能預想它的無力，收爪時搔癢一般，在毛公仔的表皮輕掠而過，然後起爪，緩緩復歸原位，一枚銀幣就此打了水漂。

兒時收看的卡通動畫並不多，長大後仍然印象深刻的就更寥寥可數了。倒是動畫《反斗奇兵》的一幕讓我沒法忘懷——主角巴斯光年和胡迪為了躲開追捕，走進一部火箭形狀的夾娃娃機裏，裏面有成群的三眼仔玩偶，顯得很擠擁。它們指着上空，異口同聲地說，它們的命運取決於頭上的金屬爪。問題少年投入代幣，啟動機器，爪在眾生頭上盤旋，最後降落在其中一隻三眼仔身上，把它輕易夾起了。被爪子牢牢困住的它，在上升的一瞬不忘向身下的同儕說了一句：再見了，朋友。那麼淡然，好像那是個命定的結局。

儘管我不相信，三根爪子有如此強勁的力量，足以把玩具提起，可是劇院裏的我，卻讓這種宿命感弄得很不舒服。微冷

的空氣中，我把摺起的衣袖舒展，雙手交疊起來，暖意才讓我感到稍為踏實一點。

　　夾娃娃機和扭蛋機是我童年時代最偉大的發明，但二者的性質並不一樣。那時進行一次遊戲需要一兩塊錢，那都是我努力獲取佳績然後向父母、外婆或三姨討得的成果，因此格外珍惜。扭蛋機給我一個肯定的信諾，即使扭出的玩具款式並不是心儀的，也算是得了個安慰獎。夾娃娃機則不然，它是一場冒險的賭博，要麼我能把玩偶成功取出，要麼我辛勤的成果會在爪子鬆開的一霎溜走。我是個保守的孩子，於是大多選擇前者，以踏實的扭動手腕的動作換取一個神秘球囊。

　　夾娃娃機閒置在旁，仍會播放輕快的音樂招徠孩子的目光。我扭蛋時，時刻注意着身旁靜靜閃亮的機體，欣賞它蕩出的輕快音樂，頭顱上的金屬爪子，三條銀色的腿像被染上一抹神聖的光。我大概只有操控桿的高度，隔着透明屏，玩偶跟我只有咫尺之遙，卻彷彿離百丈之遠。偶爾我會搖動一下棍桿，奢望機器故障，爪子會隨之搖擺，然後墜落獵物身上。偶爾又俯身，推開出口處那塊朦朧的膠板，幻想裏面有一個未被領取的玩偶，讓我僥倖帶回家裏。然而這一切只是妄想，金屬爪子依舊張開利爪，停留出口處上方，用驕傲的姿態睥睨我。

　　有天三姨領我逛商場，步經藥房外的夾娃娃機時，竟讓我目睹難以置信的一幕──年輕工作人員敞開了那堵誘人的透明

屏，一串大鑰匙懸在鎖的位置輕輕晃擺。那人身材高瘦，微曲
着膝，探頭進去整理毛公仔的排列。我愣在原地，三姨扯了扯
我的手腕，示意我走，我卻深深陷進夢幻的想像之中，無法拔
足。心儀已久的叮噹布偶，我每天下課前來，總會看見它被折
騰到機器不同的位置。時而堆放角落，時而被埋在深處，卻不
曾見過它離我如此的近，甚至缺了透明屏的阻隔，毛色顯得更
真實一點。年輕工作人員大概注意到我的凝視，別過臉去，繼
續他擺放的任務。沒想到身旁的三姨會開口：「我的孩子今天
生日，他說想得到那隻叮噹公仔，你能做個好心，替他放在較
容易夾取的位置嗎？」我生於寒冬，那卻是個仲夏天，我有點
不解地抬頭時，手腕傳來三姨警醒的一捏。工作人員頓了頓，
整理洋娃娃的手凝在半空，瘦長的十指像極了爪子。他開始翻
鬆着機器裏的玩偶，讓它們鋪放得不太緊密，然後出人意表的
事情便發生了──他蹲下來，與我平等對視，說：「我讓你把
叮噹放在你認為適合的位置吧。」

　　於是我抖抖的，握着不屬於我的叮噹玩偶，小心翼翼地伸
進夾娃娃機裏，第一次權充金屬爪，主宰它們的命運。我把
布偶輕擱在擋板上、洞口的邊緣，甚至把它的半個頭顱探出洞
口。由於叮噹的造型頭大身小，大抵只消稍微碰撞，它便能輕
易墜落出口，成為我的囊中物。我忽然覺得把布偶放在這個
位置有點過分，瞄了瞄身邊的工作人員，竟見他保持一臉的善

意，維持他的許諾。他重新鎖上屏幕，我從三姨手中接過銀幣，躊躇滿志地握着操控桿，把金屬爪挪移到獵物的頭上。機器背景是一面鏡子，倒影着玩偶，使數量顯得繁多，裏面還藏着我一雙緊張凝神的眼。我忽然想起電影裏的那一幕。等待爪子降落時，我有一種自己也置身機器裏，與玩偶一同等待命運播弄的錯覺。時間到了，爪子在我頭頂張開，落在我面前的叮噹玩偶，把它圓滾滾的腦袋緊緊握住，起爪。玩偶一如所料，打了個筋斗然後墜落洞口。鏡子倒映着我們的笑容，還有駐足觀看的孩子羨慕的目光。我把玩偶擁入懷裏，不忘向善良的工作人員說句謝謝。拖着三姨離去時，儘管懷裏的叮噹已是我的資產，可我發現自己沒有預期的雀躍。藥房那股草藥的味道離我們越來越遠，漫上心頭的愧疚感卻也越來越明晰。

我沒法得知，叮噹在離開那部機器時，是否也跟三眼仔一樣，向它的摯友說了句再見。我把玩偶頭上繩索的吸盤黏在陽台的窗，它臉上弧線的背後，會否為命運的安排感到洩氣和不甘？它是被孩子徒手放置在洞口邊陲落下的，而不是由爪子自然抓出。渴望已久，擁有的過程卻太快。於是它逐漸成了家中的陳設，經年隨窗外暴曬的陽光而褪色，渾身變成灰灰淺淺的藍，模樣不甚討喜。搬離外婆家的時候，外婆狠狠把它從窗上拔出來，吸盤的一聲啵如此清脆，她遞給了我，而我拒絕把它收進行囊。叮噹就此成了胡迪，一件被安仔遺棄的玩具。外婆

成了玩偶真正的主人，她編了一圈草環，扣在叮噹的脖子上，擋去它胸前引以為傲的百寶袋。

　　近年夾娃娃風潮再次掀起，不少丟空的鋪位，重新開業時便擺放着多部夾娃娃機，門外告示招募台主租用，聲稱這是一門能夠賺快錢的生意。我巡視其中，一列復一列，可是長大的我，渴望緊抓住的，再不是那個一屏之隔的玩偶，而是成人世界裏紛繁的機遇。如今爪子越來越鬆，一局遊戲的成本高了，喪失的也比童年時更多。我投幣，抱持着童年時代的保守，每天訂立明確的工作目標，按鍵，然後金屬爪子在上空墜落，搔了搔玩偶的頭皮，便收爪，返回出口處，釋放虛空。

　　我在迷茫的日子裏浮蕩。在熱鬧的商場躑躅時，一種無力的感覺會襲上我，彷彿被困在一部擠擁的夾娃娃機裏，不論如何努力，上進或逃避也是徒然。我只是一個被動的玩偶，等待命運的爪子在我身上降落，卻仍未能逃離這個乏力的城市。

　　基於商業考慮，爪子往往調校得鬆動，台主敞開禁地擺放玩偶，會刻意放得擠擁，好像長輩要孫兒快高長大，添飯時特意用勺子往碗子不斷地壓。現在能成功把玩偶夾出的，只有那些取巧的玩家。夾娃娃機成了玩家與台主智鬥的舞台。資深玩家會讓紙幣捲進兌換硬幣的機器，用膠簍子盛載叮叮噹噹的脆響。他們猛力搖動操控桿，以「甩爪」方式把物件拋出，講究節拍與規律。機器裏除了玩偶，還放着模型、名牌手袋、超市

現金券、蘋果手機、抽獎券甚至機票。有的「活動機」只有一個放着數顆骰子的透明盒，爪子觸碰時擲出點數，以相同點數的多寡決定是否中獎。有的機器標榜貨品的實價，只要投放一定金額便能獲得一次「保夾」機會，爪子才能像兒時一樣，恢復它牢固的本質。不少布偶像叮噹一樣，被台主刻意擺放在洞口周遭，看似唾手可得，卻只是個幌子。這些夾娃娃機的爪子格外有力，能夠將玩偶吊上半空，卻會在高處傾側、鬆爪，把玩偶甩進最深最遠的角落。

遠離童年才發現，世界原來那麼複雜。我不知道那隻三眼仔被問題少年帶回家後，是否獲得叮噹的待遇。我只知道，爪子鬆了，洞口的擋板越築越高。

芒刺在血裏流淌

神情木訥的秘書走進來，遞來幾份厚疊疊的文件，沒有多發一言，我知道自己需要逐一填妥空格，鉅細無遺地重複抄寫我的名字、住址和聯絡資訊，還有學歷，這一切界定自身意義的社會標準。我嫻熟地書寫，頭腦放空，無意義地複製，來到教師資歷一欄，滑動的手腕才剎停，我看見秘書輕皺的眉頭，她催促說：沒有文憑就skip吧。又復低頭，倉促整理文檔。會議室空調設備完善，我卻感到一陣潮熱漫上頭顱。

難得找到一份助教工作，我欣喜地前往學校簽約，此刻面對聘書，才不知怎的發現喜悅的感覺不似預期。喜悅當然有，只是感覺像是在沙灘上奔跑，腿確然是向前走的，但速度快不得，每一拔足都有深陷的焦慮。橫線和表格有如一塊嶄新土壤，光潔、了無痕跡，等待我簽署，用歲月重新建設一座新的樓宇。旁邊的校長簽署筆跡流麗，似是順著筆尖一溜而出的，沒半點遲疑和拖沓，而我的簽署，一向故作豪放，將「吳」字的兩條腿越邁越開，現在卻顯得斷斷續續。輕裝原子筆握在手裏，沉重如承諾。我牽強地，在缺墨的部分補上一筆。

　　傍晚的天色是濃鬱的褐。這讓我渴望成為一個陽台上打盹的老者，疲乏而安詳，白天與黑夜、清醒與昏沉的界限從此變得模糊，我將任由即將降臨的黑夜掩蓋鋒芒。巴士載着下班後疲倦的搭客，呼嘯駛過。我仰頭，看到一列抵着車窗欲墜未墜、偶爾錯落在鄰座肩膀的頭顱，那裏終究有一顆是屬於我的。綠燈亮起，煙塵消散，對面淺橘色的舊樓映入眼簾。大廈的欄杆鐵枝後，是露天停車場，環繞這棟舊樓，營造出一種近乎蒼茫的孤寂。因為仍未入夜，駕車的業主尚未歸來，停車場仍是一片寬廣的空地，我於是能輕易瞄進幽暗的大堂廊道，瞥見一個身影駐守桌前。初夏午後，他仍堅持身穿恤衫，長袖捲摺至臂彎處，仰賴穿過大廈廊道的風送走暑熱。

　　車輛急速馳騁，人群帶着似箭的歸心流動，至於我，也是欄杆外的看客，尚有活動的空間和自由，只有他凝止在晦暗的地方。

　　我忽爾想起平常晚飯過後，在房間整理課業，忙亂之際喝口水的當兒，躊躇良久的他才敢踏入，詢問或告知不怎重要的事項——家庭聚會的日期、周末晚飯的安排、是否已繳交水電煤氣費用。忙碌的人總讓人怯於打擾，像行駛迅速的單車，你會選擇躲避而非正面攔截。我低頭書寫，虛掩房門的時候，又不經意想起舊樓廊道中，他幽暗的背影。

　　我並不知道，是否畏懼這一張暗淡的臉，使我抗拒像媽一

樣恆常探班。爸常有意無意暗示我，有空多去他看管的大廈蹓躂蹓躂，也曾託詞要我替他取點東西，從家拿來他工作的大廈。可是抵埗後他會挪一張椅子，父子對坐，無聊扯談，直至下一位相熟的住客按密碼時，向老伯或阿姨介紹一句：「我個仔。」黝黑的臉稍稍恢復光芒，我朝那些陌生的臉孔點頭，嘗試將眼前的人與他昨夜在飯桌上高聲談論的人名聯繫——四眼王、死肥張、老寡婦、跛腳李。「好心你積啲口德。」媽說，爸的批判才略為收斂。搬上飯桌的花名，除了有娛樂意義的用途（像四眼王和老寡婦的緋聞），便是他心懷怨懟的對象，像跛腳李指示他清理雨後的積水，死肥張讓他撿拾鳥屍，而老寡婦仗着與主席是好友兼鄰居，經常下樓巡查訪客登記表，他們應該不曾想過，微小的舉動會使他們從此烙上貶義的名字。

　　爸雖然停駐更亭，但拉不下面子，從不做看門以外的職務。與不同大廈主管總是弄得不歡而散，於是託他鴻福，我能進出多棟社區附近的大廈，每棟大廈的位置和裝潢並不一樣，但更亭裏晦暗的背影大抵相同。我畏懼凝視陰影裏的爸，寧可繞大圈經公園回家，也不願步經他正在值更的大廈，彷彿只要如此，他將永遠是那年鎂光燈下、手握麥克風高歌的他。

　　爸的意氣風發，我只能從媽和姑姐的憶述中拼湊而成。偶然翻出錄影帶，裏面輯錄了公司輝煌時期的周年慶典。年輕的爸站在台上，受眾多廠商仰視，他們舉杯，高歌籌款，拍賣商

品，場面好不熱鬧。舞台兩旁鼓脹的氣球昂然高挺，如他的意志，似是凌駕於席上低頭進食的後腦勺子。這股虛浮的滿足，為何我如此熟悉？影片右下方橙色的日期證實，那是我尚未誕生的年代。我的出生是爸破產時代的始端。仔細一想，這居高臨下的快意，承受仰視的滋味，似乎在教授每節課時都簇擁我。我講課時拒絕使用傳統麥克風，討厭電線盤纏教室地板，對教學造成羈絆，無線麥克風牢牢扣上皮帶，我儼如一位導遊，時而幽默，時而取巧，努力餵養身下一雙雙渴慕的眼睛。

「你可別像你爺爺和你爸，心高氣傲，又熬不了苦。」媽叮囑我說，半邊屁股落在沙發邊緣，摺疊着洗淨後從晾衣架收進大廳的衣服。她攬住爸的西褲，手伸進褲管，幹練地把它反轉，再沿褲骨的痕對摺起來，「大熱天還穿西褲，仲以為自己做看更好光彩。」她喃喃道。爸習慣將更亭喚作公司，不容我們把「看更」二字溜出嘴，我們必須說成「管理員」或「保安」。某夜飯桌上，他興沖沖地說：「現在有人把保安員喚作禮賓師，我覺得這名字很好。」我和媽面面相覷，忍不住想笑。

我想，熬不了苦是源於習慣支配，而非服從。課室大門徐徐合上，待機的麥克風發出滋滋的氣流聲，我開始挪到舞台正前方，承受投影機的映照、目光的注視，傳遞所信奉的價值，彷彿這裏與外界無干。褐色透明窗外的走廊，不曾有校長巡視時銳利的眼睛，只有幾位慕名而至的鄰班學生，或兩位驚詫的

教師，用手機拍下學生乖順專注的後腦。

爺爺在世時，經常談起他一輩子最感羞辱的事情——他年輕時去一所公司當學徒，替老闆斟茶遞水，工作做得非常漂亮，沒想到唯一引人詬病的地方，是暖水瓶杯蓋冒起的倒汗水。爺爺替老闆掀開瓶蓋，滾燙的倒汗水從蓋底的位置墜落，沾濕桌上文件，老闆或許心情不好，責備自尊心極強的爺爺。他感到委屈，視之為畢生最大的羞辱。我仍記得，爺爺說罷後抿着嘴唇，臉頰憋得緋紅，邊用抹布將茶几不斷擦拭，拭得一塵不染，仍繼續擦，像是擦着肉眼看不見的、歷史遺落的水痕。

後來他自立門戶，創辦了公司。爸受不了爺爺的指使，也去創業。二人同樣創建了宏大的事業和自尊。

自從腦袋長了一顆毒性腫瘤以後，爺爺像被戳穿的氣球一樣急速萎頓。他的晚年輾轉進出不同醫院，拒絕接受治療和勸告，還悄悄盤算着深夜逃走。我不曾想過，外形壯碩威武的爺爺，在疾病面前竟怯懦如逃學的小孩。醫護人員束手無策，只好用索帶將他的四肢捆綁在床的四角，無論我們如何規勸、責備或安撫，爺爺的眼神都彷彿被掏空了一樣，散渙、失去焦點，似乎連僅有的盼望也破滅了。向來重視清潔的他，逐漸不由自主地，感受到唾液從自己傾側的嘴角流出，床單也滲出微黃腥臭的水，而我們子孫有如當日的他，努力擦拭，努力捍衛

他那僅餘的微末的甚麼。

爺爺臨終前數月，我與他最親密的觸碰，是扶着他坐在床沿。房間只有我倆，窗簾為了不打擾他睡眠而合攏，寧靜而幽暗的空間，我們並肩坐着，我卻再沒法感受到爺爺厚重的呼息。沉寂良久，他抖抖嘴唇，發出乾燥缺水的聲音：「要我這樣活下去，索性讓我死去好了。」我不知這算是晦氣話還是他由衷的心聲，也忘了如何回應。安頓好他的睡眠，我依言邁步離開房間，此後再不曾，也不敢正視爺爺失焦的眼眸。

「你爺爺太驕縱。」媽說，「一輩子順風順水，太經不起折磨。」爸瞪了她一眼，示意她別作聲。對於自幼貧苦的媽，嗟嘆命運是一件奢侈的浪費時間的事情。爸只默默夾菜，垂頭進食，沒有作聲。

我繞道到公園，坐在長椅上，感受夜幕到來前凝定的時光。我們祖孫三人都酷愛自由，畏懼指令和困逼，渴望創造，使自己的存在顯得龐大，橫線上的簽署豪放不拘。我想，大抵是這原因，使我在尋找到一份安穩但不特別引以為榮的工作時，感到不安，卻不知道這種針刺似的感覺，源於血液裏流淌的鋒芒。或許我將收斂自己的話題，在打印機前被鋒利的紙張割去指頭的皮肉；或許我將迷失於複製和貼上的循環，然後變得纖薄和矮小。或許我在周末看守校務處的身影，會和爸身穿長袖恤衫西褲的背影相近。各自堅守崗位，捋起衣袖，用手腕

抹拭額角。不只一次他抱怨，大堂沒有空調，可他能做的只有竊自發牢騷。在龐大的機制面前，他始終懂得人微言輕的道理。

人家特意花錢去焗桑拿，也是圖那裏能悶一身汗。現在我也當作是減肥。爸曾如此說。自嘲大抵是打破現實局限，實現內心舒坦的妙法。他們都常說，我缺乏幽默感。

當我想起攀滿藤蔓的牆壁背後，爸正在值更的大廈播放他心愛的粵語金曲，又或在跟投契的住客，寒暄打發時間時，我又察覺到，生活雖不如理想中美好，但似乎也不壞。倘若把尺子放在眉額，受阻的只有自己的眼光。

我掏出水瓶，喝了口水。瓶蓋脫離瓶身以後，一滴倒汗水墜落，沾濕了口罩。口罩沾了水便報廢了，但我應當慶幸，明天能夠換上一個新的口罩。

擬物課

我按下門鈴，在走廊等了半晌，你的母親才把布簾稍稍掀起。我能夠從她臉上看到焦躁的情緒。鐵閘徐徐敞開，我一如往常踏進你們的家，同樣為着是否要脫鞋子而跟你母親禮讓了一番。你的家沒有亮燈，昏暗裏只有西斜的陽光，歪歪的灑進狹窄的廳。光在你關上的房門前屈折，呈一個三角形。你的母親進廚房為我倒一杯溫水，一邊向我埋怨你的劣行，今天成績單上強差人意的數字。我從流水聲中重塑事情始末，用雙手接過水杯時，看見光滑的瓷杯表面印有一隻馬的圖案。我敷衍地喝了一口，有點燙，便擱在茶几上放涼。你的母親依舊嘮嘮念着，你的房門依然關上，大廳擱淺的陽光未有半點推移，擴大或收斂，時間彷彿凝固在當下。我注視杯上冒起的煙絲，想像你在一板之隔的房間裏，站在門邊探着耳，靜候我為你說上一句辯解的話。

我們都曾經歷把自己困在房間的歲月。

兒時家裏沒有房門，房間的定義只是客廳電視櫃區分出來的面積。家裏人多，缺乏私人空間，渴望尋求一個洞穴的時

候，我會把自己屈曲床上，被漆黑擁抱。我坐在皺皺的床單上抱膝，靜靜地哭。房間入口只有一塊薄薄的布簾遮擋，客廳的聲音很輕易便能傳入房子裏。藉着與生俱來的敏感，我很輕易就能辨別家人的聲音，再按他們寬容或調侃的語氣，組織他們臉上各異的神情。儘管電視櫃高及天花，但由於不是入牆櫃，仍留有粗疏的縫。客廳陷入沉寂後，我會用淚眼窺看發光的縫，見家人說着悄悄話，心裏淡淡不安。掀起被單，我渴望埋進一個更深的洞穴。

因此，當我敲敲房門，你扭動門柄，帶着一臉淚痕和疲態為我開門時，我沒有像你母親一樣，予以責備。我盡量把門縫開得窄小，悄悄溜進房間，轉身把你母親的謾罵擋在門後，門鎖一聲咔嚓或許讓你稍為踏實一點。如今這個空間只剩下我和你二人，但你似乎喪失了補習的心情。你回到窗前坐下，伏在書桌上，頭顱深深埋進臂彎裏。我只能看見你的側臉，緋紅的臉頰。你凝視下方的雙眼，是否正沿着地板木紋航行？

我不知道要怎樣開啓一段對話，於是努力回想那些把自己囚禁的歲月。被窩裏快將窒息的一刻，我多盼望一個寬厚的影子將我覆蓋，把我從悲傷中拔出來。只見你的肩頭一聳一聳的，似乎仍在抽泣。我不是個懂得說溫柔語句的人，成長的路終究需要由你獨自面對。我只好保持沉默，裝作一臉尋常，如常翻開你的家課冊。功課欄裏的文字線條很幼，我能看出你的

鉛筆削得太尖，寫下的字淺淺的。我從你書包挖出一張標題相應的，揉皺了的中文工作紙，閱讀起來。

今天的課題是「擬物」。

第一題要求你寫出定義，你大概跟從老師抄寫了：「將物的屬性給予人／將一種物的屬性給予另一物」。除此以外，其他題目都漏空了，我便知道你對這個課題的掌握並不足夠。我推推你的肩頭，你勉強抬起臉，或許因俯伏太久，校服袖口兩顆鈕子的形狀印上你的額頭，像過早冒出的青春痘。你搖了搖頭，表示不明白擬物的意思，又垂下頭。我望向窗外，外頭是連綿的山巒。陽光跟着時間，沿山的斜度推移、延展。

高小學生如你，大抵不會明白擬物的意思。

你對世界充滿好奇，喜歡為死物或動物賦予人的意義——太陽伯伯、老虎先生、鏡子精靈……愛用想像和擬人建構童話般的世界。那是個沒有紛爭的、融洽的國度，叫人嚮往。其實我也曾像你一樣，在沉悶的課堂裏，偷偷把課本翻到第一頁和最後一頁的空白位置，創造屬於自己的卡通角色。交通工具、生活用品等都長有五官，他們的樣子大同小異：兩點眼睛，下方一條彎曲的弧標示快樂的情緒，並會為角色命名。看過《反斗奇兵》後，更想像白天裏靜止的家居用品，夜深時會像動畫裏的玩具一樣擁有生命，延伸出四肢，在天亮前暫時離開廚房或浴室，自由行走。

但我並不打算跟你分享童年的幻想。我的存在僅僅是為了讓你能在兩小時內完成習作，包括這張過於艱深的擬物工作紙。如今已虛耗了近半小時的時間，我瞄瞄腕錶，看你情緒稍為平復，便決定開始講解。我清清嗓子，用冷冷的聲線刺破一室沉寂。

我想告訴你，儘管那時的課程並不比你們現在艱深，但我很早便擺脫了擬人的想像，學會了擬物，並且逐漸愛上了後者。我蹲在陽台，觀察從一顆融化的糖果延展的一列螞蟻時，我再不會幻想牠們是一個家庭，不會一廂情願地為牠們分配父親和母親的角色，或賦予牠們兄弟姐妹的關係。我不會歌頌牠們勤奮，進食只是牠們的生存需要，像人類。有次我跟家人前往中環的商業大廈，正午從高層的玻璃幕牆俯瞰下去，一顆顆黑色頭顱在馬路間穿梭，以他們獨有的快速的步伐竄動，腦海迅即閃現家中陽台的螞蟻列，甚至渴望自己成為其中一員，一個渺小而不起眼的存在。做一隻螞蟻可以過上簡單的日子，我不必再介懷滲入房間的竊竊私語。

大概那是我擺脫《伊索寓言》的時期，那隻因驕傲而敗給烏龜的兔子，因懶惰使得房子倒塌的小豬兄弟讓我反感。就像那隻披上羊皮的狼，牠們不過是披上動物偽裝的人類。為教化需要，他們把動物的衣裝套上角色，使牠們顯得可愛，讓孩子更易接受道理。然而我喜歡的是真正的動物，那些只會啼叫、

不會說話的動物。我開始想像自己是動物，一隻簡單和直率的動物，不必思考，不需顧慮明天。

直至一次農曆新年，我從家人身上初次了解到生肖和屬相，大概那是我迷信生命的始端。自此以後，我把自己融入屬相，活出老鼠的本色。在鼠敏銳的眼中，世界再微小的事物都放得很大，像敏感的我，輕易被微末的事情所擊倒。我想到自己漸次急促的步伐，每天在別人紛繁的腿間逃竄，希望不被發現，竭力使自己的存在變得薄弱。大街上我習慣沿着靠牆的路徑走，步履匆匆，唯恐一輛貨車失控闖上行人路把我壓扁。小時候熱愛陽光，如今我卻渴盼黑夜降臨，讓漆黑覆蓋路上的多雙眼睛，同時把我的臉映得黯淡，使我能潛入一個渠蓋，躲在管道裏哭泣而不被發現。

這教我想起一次朋友聚會，席間一些無心之言觸動了我的舊患，往事帶着它的感傷頃刻浮蕩茶杯表面。我勉強舉杯，輕抿一口茶，象徵式濕了濕嘴唇。我佯裝言談甚歡，嘴角掀起了弧，像課本空白頁畫上的卡通角色。良久，我以內急為由走進洗手間。我確保廁格的膠塞平放，抵住了門，淚水才不爭氣地淌下來。我怕朋友尾隨，進入洗手間後會聽見我的哭聲，於是用手捂着嘴，以致不發出聲音。一壁之隔傳來沖水聲，我憑聲音想像污水在水管裏流動的軌跡，那刻我想起了鼠。

躲進渠蓋的鼠可以匿身水管，可以選擇不出現人前，不必

向誰交代牠的缺席。鼠能豎起耳朵，以水管迴盪的聲音了解世界，從笑聲理解人間的美好，從罵聲知道人間的仇怨，或許還有一些壓抑的飲泣。然後在地表下棲息，陷入安穩的睡眠，沒有無眠的夜。像牠們這樣的動物，據說臨終前會躲到隱蔽處，靜靜等待死亡，不需別人瞻仰牠們的遺容。

你在筆袋找了半天，才掏出一枝鉛筆。你問我擬物的好處是甚麼？紅腫的眼像被掏空了似的，我知道你需要休息，可是課堂必須繼續進行。我說出幾個標準答案——增加趣味性、更有親切感等。只見你愣愣的眼光落在我中指上的一枚瑪瑙戒指。

其實我對自己的答案沒有太大信心，因此趁你書寫期間，我偷偷使用手機尋找擬物的其他優點。網頁顯示擬物是轉化的一種，只有高度敏感的人才能感受它的美。然而我對擬物的鍾愛，僅因為它教我學會抽離。我渴望變得不那麼敏感。我忽然想起童年一次遇溺經歷——我從滑梯直溜入水中，在漆黑的水底掙扎，揮動四肢，緊閉的五官再不能感受紛呈的世界。被家人救起時我嚎啕大哭，只見他們臉上都帶着漠然的神色。我渾身濕透，打着冷顫，第一次意會到原來敏感是一種幼稚的表現，要踏入成年我必須學會麻木，像一朵花，遇溺後無聲凋謝，不必發出哭聲引人注目。

你大抵對我手中的戒指感到好奇，要是年幼兩歲的你，想

必會把這些疑問全盤抖出。如今你抿着嘴唇，又復低頭繼續書寫，保持沉默。我便知道你正經歷成長。沉默是擬物的本質，因為物件大多是安靜地存在。隨着成長我們逐漸物化，收斂情感也改變了初心，這當然包括與生俱來的好奇和疑問。當你用橡皮拭去課本稚嫩的塗鴉時，你便踏入成年，變得世故。我沒有對你的屬相加以探討，只想像你在靜靜地吐絲。雪白的絲呈網狀把你包圍，化成一個沉默的繭。等待那天，你像《天蠶變》裏的雲飛揚，假死後以截然不同的姿態破繭而出。

若你開口提問，我想我會以一個敷衍的理由搪塞過去，而不會向你坦言，這枚戒指是為了催運。我肖鼠，又生於寒冬，算命師批我的八字裏有很多水，是餓火命，因此紅色的瑪瑙戒指套上象徵心臟的中指於我有利。我盯着算命師臉頰上一顆黑痣，痣上冒出一條毛，像萌發的豆芽，隨他説話一顫一顫的，忽然想起游泳池底被水淹浸的我。那時倘若有人從高處望下，大概我也渺小得像螞蟻，在水中無力掙扎，然後被稀釋或捲去。遇溺後多年，我仍試過踏入泳池，説好只浸浸水做旁觀者，沒想到家人抓住我的腿要我下水，我用十指死命抓住池邊，像絕望裏逃生的鼠。

自此我畏懼水池和一切人的注視。問及會否游泳時，我會笑而不語，然後熟練地把話題拐到別處。我變得更迷信，金木水火土五種物質和那十二頭動物似乎是我唯一能仰賴的信仰。

肖鼠者的三合是龍和猴，三合指相處融洽，是最佳的朋友和伴侶。然而，遁入深山的猴子、在想像雲層間穿插的飛龍是那麼縹緲的存在，牠們沒有固定的行跡讓我追尋，交心的友誼在生命裏如此可遇不可求。難得短暫擺脫沉默，私聊過後，我們仍得繼續忙於經營生活，遊走各自的叢林、天際和溝渠，各自為政。

生活和成長同樣使人孤獨。

房門敲響，你的母親走進來，纖瘦的腰肢扭動時像隻破繭而出的蝴蝶。她又為我遞上杯子，水仍溫熱，我禮貌地喝了一口。她稱讚我年紀輕輕便在中學辦講座，真了不起。我沉默，淡然一笑。我想她是看了我面書的貼文。那個賬號只供工作上使用，我還有兩個私人賬號，頭像是從公園拍攝的火焰木。她看到的賬號都是我和學生的合照、演講的圖片，大概沒有人會從圖中自信的我聯想到一隻招搖過市的鼠。

我粗略交代了進度，你帶着一臉漠然收拾文具，包括一枝漸漸磨鈍的鉛筆。離開時，我看見窗外的山染上落霞的紅，卻比剛才黯淡了。我忽然有股衝動，渴望跳入深山，讓自己霧化，化成薄薄的一片沒有重量的雲，自由浮蕩着。直至雲儲滿情緒，成為沉重的一團，便在一個寧靜的夜傾盆流瀉。

＊ 本文獲 2020 年中文文學創作獎散文組第一名。

第二輯

你我的歸途

鞋子

　　彷彿自很小的時候開始，我便知道，自己對舊鞋子的偏執源於外婆。

　　相較歷史上那些需要紮腳的婦女，外婆無疑是個幸運的人。童年許多個晚上，我和外婆讓時間消耗在床沿，讓她嘴裏溜出一個個泛黃的故事填塞睡前的閒暇。記得那時，我短短的腿仍未發育到能抵住地板的長度，只懸在半空晃着。外婆裝出一個痛苦的表情，鼻子和嘴巴刻意聚攏成一團，悄悄告訴我，雖然她不需紮腳，但眼看她母輩的腳掌被勉強擠壓成小小的鹹水角，心裏就特別難受。小腳掌包裹得太久會發出異味，於是她們有的選擇包得更緊，清洗後用紮腳布多繞兩圈，直至氣味沒能傳入別人的鼻孔。「換着是我的話，我必定生不如死。」外婆說。我俯看地板，盯着外婆厚大的腳掌，夾在一雙不成比例的拖鞋裏。拖鞋隆起的膠帶內壁遭經年的壓迫，接口位置沿着紋理已微微裂開了縫。

　　儘管外婆不需承受紮腳之苦，腳掌小才是美的觀念在她的認知裏還是根深蒂固的。可是自我有記憶以來，外婆的腳掌比

鄰家的老婦都要大。這讓我沒頭沒腦地聯想到一款名為大腳板的雪條，它以一隻大腳板為造型，味道是清一色的巧克力。由於大腳板比一般雪條大而價格便宜，是划算的選擇，一度成為我們家的消暑良品。暑熱的晚上，我舔着大腳板，笑說它的形狀像外婆的腳，卻換來外婆的白眼。外婆討厭別人把焦點投放她的腳，於是她奉行現代形式的紮腳。每當她的鞋子穿得近乎斷索，母親和阿姨得費上半天唇舌才能把她哄到鞋店。好不辛苦挑選了款式，她又堅持店員拿最小的碼數給她試穿，然後把那雙過大的腳板勉強擠進裏面。明明走起路來一拐一拐像企鵝，她卻說不打緊，「多穿幾天就慣了。」她總回答說。母親和阿姨都拿她沒法子。

　　外婆屬虎，是個難纏的人，家裏大小事情她都必須過問，抒發一番偉論才甘心。大概她的性子就像她的腳掌，只有加大尺碼的鞋子才能容得下她。可她偏遇上了我的外公，一個不懂憐香惜玉的小商人。那年初春，外公的腿患上了風濕，本應按照醫生吩咐塗抹藥膏、清理衛生，可他戒不了在家赤腳走動的習慣。家中地板鋪的都是舊式瓷磚，兒時的我愛蹲着觀察磚塊上斑駁的碎石紋理。外公說夏天在上方赤腳走動多涼快，着我也脫下鞋子，享受自由無拘束的感覺。

　　於是有一段時間我曾遵循外公的哲學，大大咧咧地遊走家中，偶爾腳掌會黏上粗糙的細沙和塵垢，還有中午吃粥時偶

然掉落而未撿拾的魚骨。後來因着外婆的勸喻，我還是把鞋子重新穿上。我終究不是外公，更沒有他的決心，那種為着爭取免於束縛的自由，竟成功練就出在危機四伏的地板上赤腳行走的功夫。有時我想，外公的腳掌可能會因經年與地板的廝磨而逐漸長出一層厚厚的繭，賦予他一種有別於其他人的異能。直至繭長成一塊鞋墊子的厚度時，外公便會以赤腳的姿態走出家門，在一個寧靜的清晨離我們遠去，從此浪跡天涯。

兒時我在家裏穿的都是卡通造型的拖鞋，外出時穿的都是俗稱「白飯魚」的白布鞋，後來才逐漸演變為魔術貼運動鞋。從「白飯魚」到魔術貼鞋，我彷彿經歷了一個進化的歷程，這個改變如今看來只是一椿笑話，可在兒時的我看來，是個神聖而莊嚴的儀式如成人禮。當我每天掀起魔術貼鞋帶，感受指頭下的張力和拉扯的聲音，觀察魔術貼的藕斷絲連，棉絲的纏綿與分離，便會衍生一種莫名的快感。抖擻精神，便志氣高昂踏上新一天的路途。

然而，當我穿的鞋子越來越大，家門旁始終擱着一雙窄小的鞋子。老師說我的心智比同輩早熟，後來我才知道，這暗示着我要比其他人更早面對焦慮和惶惑。

夜深，我半睡半醒伸出手臂摟住床邊的外婆，偶爾會撲了個空。我讓自己清醒過來，然後赤腳走出客廳。外公床前的布簾如常合攏，卻難覆蓋他安穩的呼嚕聲。昏暗的環境裏，我

只憑着神枱那盞刺眼的紅燈來照明。只見外婆站在陽台，面朝着一條又一條縱向的窗框，彷彿一個囚犯在遙望天際，思索着前世今生那種嚴肅的問題。那天黃昏我看見外公站在同樣的位置，右腳赤掌蹬上了椅子，抽着煙，臉上一副優哉游哉的閒情。我從課業中抬起頭，仰望煙絲以柔軟如水的姿態越過窗框，輕輕飄上斜陽裏橘紅的天空。吞雲過後，外公隨手把煙蒂栽進窗框的一角，捏滅了火種。我知道紅色的火光在灰燼裏徘徊良久，閃爍未滅，像死者睜着頑強的眼。面對眼前黑茫茫的夜空，我肯定煙蒂已經完全熄滅了。我扯了扯外婆的衣尾，她驚覺我的存在，連忙抽了抽鼻子。透過窗外明淨的月光，我第一次發現外婆向來頑強的眼隨年歲變得混濁，眼眶還淺淺的蕩起一堵水牆。

　　外婆不只一次向我嘮叨她的歷史。那時經媒妁與外公成婚，外公因工作終年不在家，偶爾回家履行傳宗接代的責任便又匆匆離去，懷孕和生育的過程都是外婆一力承擔。她打理家務同時需要照顧幾個孩子的學業，家裏的財政開支全靠她和作為長女的母親外出工作來肩負。大概這是節儉文化至今仍在我們家盛行的原因。我一邊傾聽外婆訴苦，一邊低頭盯着她碩大的腳掌，以及不成比例的小鞋，這雙腿原來承托了一個家。外婆走的路並不如我想像中那麼少，更不只是限於家門和菜市場的距離，或許它比我認識的世界還要來得浩瀚。這樣想來，腳

掌大也是無可厚非的事情。

　　印象最深刻的，倒是長大後聽母親憶述的往事。原來她不只有兩個妹妹和一個弟弟。在排行第四的舅舅後面，原來還有一個尚未誕生的小姨。「要是腹中的孩子是個小舅舅，你外婆定要跟你外公鬧離婚不成！」母親如是說，臉上掛着一副已然經時間稀釋的感傷。或許是缺乏見證妻子生育的經驗，又或許是不熟悉香港的醫療制度，當外婆圓滾滾的腹部流出羊水時，外公只懂半攙扶着作動的妻子，徒步走往一斜坡之隔的公立醫院。我幾乎能夠從母親帶怨的憶述裏看見外婆捧着腹，勉強蹬着小鞋子一拐一拐的畫面。外公出門前可能胡亂套上了一雙外婆的鞋子，抑或仍然赤着足，逕自走在路的盡頭催促，如很多年後的今天，他們外出時依舊維持着那段陌生人的距離。然後殷紅的血沿着斜坡緩緩下淌，小姨在外婆昏厥的身體裏窒息。醫護人員連忙趕來幫忙，把外婆抬上急救病床移入手術室，過窄的鞋子仍套在她沾血的腳上。

　　外婆不會把穿得霉爛的小鞋子扔掉，哪怕拖鞋隆起的膠帶已經讓她的腳掌撐得幾近斷裂。「你可以跟外公離婚啊！」我故作老成，故意壓低聲線免得讓在陽台讀報的外公聽見。離婚是我從小學社會課上學過的概念。「胡說八道！」外婆瞪大了眼，「這種話怎能溜出口的！真是個傻孩子。」她輕輕撫摸我的頭顱，若有所思地望向廚房，愣愣看着裏面一鍋煮得快要滾瀉的

白粥，我彷彿嗅到了焦糊的味道。我像貓一樣依偎在外婆的懷裏，心想，原來課本裏的知識有時並不足以解釋現實許多的問題。

例如老師教導我們要買尺寸合適的鞋子，可是外婆就算大小同價仍會選擇小的來購買。我購買鞋子的情況恰好相反。鞋店裏，母親着我把腳掌盡力前移，腳跟與鞋尾大概要預留一至兩隻手指的空隙才買。「小孩子的腳長得快！」她總這樣說，可她並不知道，寬鬆的鞋子間或會在球場踢球時甩出，我單腿彈跳去撿拾鞋子時會引起同學們的哄堂大笑。現在想來，預大了的鞋子大抵與童年紛擾的家事一樣，催促我成長的步伐。

後來我逐漸成長了，腳上的鞋子由寬變窄，多年來更換了幾番。每換上一雙新的鞋子，嗅着鞋店裏皮革和膠墊簇新的氣味，我總會像外婆一樣，把那雙殘破褪色的舊鞋放進感覺錯配的新鞋盒裏，偷偷帶回家，安放鞋櫃的暗角留念。於是我們家的鞋櫃一度成了長生店，整齊放着一個個回憶的盒子。直至母親和阿姨忍無可忍，趁着我和外婆不經意時，便把鞋櫃裏所有鞋盒清了個空。

直至現在，我仍相信對舊鞋子的偏執源於外婆。

我們同樣害怕割捨。

自小都是家人為我揀選鞋子，款式和大小多半都不由己。踏入成年階段，我想也是時候尋覓一雙與我尺寸匹配，而我又

喜歡的鞋子，然後穿上它共同漫步人生的河岸。為了向旁人宣告自己的成長，我毅然脫去那雙殘舊發黑的球鞋。這球鞋穿得舒適，鞋子大概已撐成我腳掌的形狀，不解開魔術貼，腳也能自由進出。魔術貼因為長久沒有被動用，邊兒已纏滿黑色的布絮。我買了一雙新的鞋子，學習把鞋帶繫上，笨拙的手胡亂打了幾個結，便一意孤行啟程，不畏路途險阻，心裏滿滿盛着愛的憧憬。然而，要踏實走好每一步並不容易，阻隔我們的海峽終究太大，我的腿得費上許多力氣才能走到異國的土地。甜蜜的愛語在途上漸漸抖落，彷彿一個米袋破孔裏漏出的米，傾頹於深宵的航班、酒店的床。旅途中，我感到腳掌下的墊子越走越薄，薄得像酒店即棄的紙拖鞋，踏進浴室也能感受腳底傳來雲石的冰涼。當初那股安穩的感覺早就喪失了，彷彿地上一塊石子也能把這段感情割裂。

但那時我選擇走下去。

堅持走下去大抵源於外婆的愛情觀。我沒有把尋愛的事情告訴外婆，更沒有向她討教繫鞋帶的方法。外婆和外公一樣，不穿有鞋帶的鞋，只向我自小灌輸求學時期不應談戀愛的道理。戀愛這詞語大抵不曾在他們的字典裏出現過。即便如此，外婆每天依舊把過大的腳掌擠進拖鞋或涼鞋，從廚房端出一鍋熱騰騰的白粥充當兩口子的三餐，膠帶子撐開了口但未曾正式斷裂。而外公，仍赤着腿大大咧咧走在冰涼的地板上，寧可

承受風濕的煎熬，也不願困囿於任何形式的枷鎖，如婚姻和承諾。

　　那年初秋，我城下了一場罕有的暴雨。我撥出的電話終究沒有回音，每夜的睡前禱告並沒有奏效。走在大街上，我把傘子握得低低的，借傘篷和不斷下墜的水簾遮擋我的淚容。我俯下頭，藉着淚眼上浮盪的光暈勉強躲開路燈下反光的水窪。渾身衣物早便濕透，鞋子很快也灌滿了水，濡濕的襪子黏附整個腳掌，透出徹骨的冰涼。大概鞋底穿了破洞是很久的事情，只是我缺乏低頭的勇氣，自以為用盡各種方法便能彌補漏洞。不適合自己的鞋子本應丟棄，割捨的痛楚唯有獨自面對。我必須接受自己的腳掌已經長大，穿的再不是童年的魔術貼鞋，再不能把頭埋進外婆的臂彎。那個晚上，我匍匐到家門前，把這雙破了洞、鞋帶纏成幾團死結的鞋丟到後樓梯的垃圾箱裏。

　　說到底，我和外婆並不一樣，我沒有資格跟她比較。我沒有外公赤足的決心，更沒有外婆堅韌的承受力。

　　這段感情以失敗告終，除了因為這雙鞋子並不適合我，大概也源於我為此走了太多路，拐了太多刻意的彎。猶記得兒時有一天，母親忽然提議給我買一雙優質一點、有品牌保證的鞋子，可是尺碼仍得預大一點，讓我有成長的空間。她把我拉往一間以售賣護足鞋子聞名的專門店，門前的落地玻璃展示了許許多多雙鞋子，乍看之下跟屋邨商場裏賣幾十塊錢的並無二

致。店鋪職員讓我踏上一塊透明屏，我緊握兩根扶手，屏下一條發光的感應棒便徐徐挪動，為我腳板的輪廓掃描然後投上電腦熒幕。職員抄寫了一堆數字，指着屏幕上我綠色的足印，凝重地宣佈：「你患了扁平足。」

母親最後為我購買了一雙昂貴的球鞋，也是魔術貼的，腳跟後面仍能放進一隻手指。那個職員強調這雙鞋子能夠改善扁平足。外婆得知鞋子的價格後與母親爭吵起來，「新鞋子剛剛穿上當然不自在，」外婆強調說：「多穿幾天就慣了！」母親起初還據理力爭，後來也放棄了反駁，露出沒好氣的樣子。外公一直待在陽台沒有參與討論，而我暗自怪責外婆的吝嗇和迂腐，同時因為誤把扁平足想成癌症似的大患，正在憂慮疾病和死亡。

直至許多年後的今天，我才發覺外婆的話並沒有錯。或許我們窮盡一生去追尋的，並不是一雙最好的、幾近完美的鞋子，而是最適合自己的那一雙。任憑鞋子的款式再美，尺寸再恰當，在人生漫長的征途面前，需要的僅僅是最堅韌的一雙。

自從那夜暴雨把心愛的鞋子丟棄後，我仍舊在尋覓屬於自己的那一雙。日子在屈膝和俯伏的姿態裏度過，每天繫上又解開一個個自己綁上的結。後來想起那雙穿得舒適而經年沒有掀起魔術貼的球鞋，便索性放棄每天繫鞋帶的習慣，不鬆鞋帶，

經過玄關的時候腳掌能自由進出鞋子。這大概是繁忙都市人共同擁有的技能。與其說我們懶惰，倒不如稱之為疲累，還是一種對割捨的恐懼。於是我們選擇不斷前行，彷彿稍微一駐足，往事和回憶就會像身後紛至沓來的人潮把我們踐踏和吞噬。鞋帶凝固在封存的通訊錄，偶爾有關係在路途中鬆綁，我便把腳擱上公園花槽的石壆，俯下腰背重新繫上，順便扯扯下滑的鞋舌。歡騰的宴席、私密的約會過後，我們仍得向彼此說一聲再見，路終究還是靠自己走下去。

我在陽台等待外公外婆更衣換鞋，打算跟他們去樓下屋邨商場吃一頓好的。從窗框俯視下去是商場的花園平台，每天清晨，外公都會沿着這個平台的四周方正地爬行。數十年來的習慣始終不變，如窗框的角落仍倒插着一根屈折的煙蒂，與童年時一樣，火光在灰燼裏沉默地閃爍、殘喘。我們步出大廈，兩位老人踽踽獨行，外公走在前頭，習慣赤條條的腳掌勉為其難地裹進一雙棕色的涼鞋。外婆在後方，過大的腳板始終擠進小小的拖鞋，上面的裂口隨着她的步伐一張一合，像嘴巴。二人的身影所保持的距離彷彿已是一種共識，或默契。我知道腳上的鞋子都不是他們最嚮往的一雙，卻是質料最堅韌、最適合沿着生活的軌道循環往復的一雙。

烈日照在他們的背上，斜斜的影子在前方拉得老長。外公外婆的影子漸漸交疊起來。我彷彿瞥見外婆的頭顱輕輕倚靠在

外公的肩膀上，他們維持這樣的姿態，以均速的步履走餘下的
路。

＊ 本文獲第七屆全球華文青年文學獎散文組亞軍。

失而復得

談到失物，我是個外行人。

對於一個還未學會放鬆拳頭的人來說，遺失是一種致命的過失。

不像爸，那個許多年前已經被我標籤為疏忽的人。這樣的情景往往不厭其煩地上演：父子倆大早外出吃早餐，他甫踏進地鐵站，忽然煞停腳步，手輕掃臀部後方的位置，發覺後側褲袋扁扁的，便露出一臉戲劇性的訝異，宣佈錢包又漏了帶，要沿途折返。於是我逐漸習慣了獨自步往餐廳的路程，習慣與上班的人爭一席位，習慣在多雙催促的目光下焦躁地等待爸。

爸愛把隨身物放在褲子後側的袋，這樣的習慣讓他坐下或站起來時，容易不自覺溜出錢包或手機。有次他在內地乘計程車，下車沒有環顧座位凹陷的圓，便急着關門而去。後來在酒家吃飯結帳時才發覺錢包丟了。錢還事小，裏面可是裝着回港所需的證件。誰會料到計程車司機那麼善心，刻意回到酒家把錢包歸還。錢包裏分毫不差，爸給他打賞他還屢屢推辭。這樣的貴人在他疏忽的生命裏不斷出現（而我那絕無僅有的丟失卻

往往是無法挽回的災難）。「傻人有傻福」大概就是這樣的意思。

　　然而，爸好像始終沒察覺，隨身物放在褲子後側的袋子是多麼不安全的事情。旅遊時偶有步行街之類的景點，導遊連番提醒我們一班團友脫下胸前的旅行社襟章，提防成為扒手的目標。我把背包掛在胸前，繫上揹帶扣子，把證件和零錢都放進有拉鏈的前側的褲袋，並把拉鏈一一扯上，確保走每一步，大腿都能感受到袋中錢包和手機的輕微碰撞和擠壓。只見爸走在路的盡頭，屁股的位置亮出一道光，手提電話金色的邊框在夜間街燈的照射下亮出一抹金光，似乎多走兩步便會在人潮的碰撞下溢出。我捧着胸前的背包走路，和媽對視一眼，彼此無奈地嘆了口氣。

　　可是，當我揶揄爸把錢包手機放在身後，走起路來姿態彆扭時，他卻努力遊說我仿效他的習慣，竟責備我把隨身物放在前側的褲袋。他說我執着，不聽勸喻。是的，為了防止生活中各式各樣的遺失，我的確有一套執着的措施。就如旅遊車上，我和其他乘客一樣不自覺打盹，手臂還是要挽着背包才感到安心。爸在我惺忪的眼簾中輕蔑一笑。「你這樣做人太辛苦！」他總如此説。

　　我感到身後的背包越來越重。裏面藏着不時之需的藥油、正露丸、膠布、指甲鉗、雨傘、充電器，大概這一切還壓住一兩包沉了底部的成了碎屑的太平梳打餅。它們是那麼必要的存

在，為着一些空洞的理由，或一條沒法掌控的生命。在我的嚴密和謹慎下，我的東西極少丟失或錯置，更遑論淪為失物。上述物件每天都以固定的姿態凝固在背包的一角，逐漸染上正露丸刺鼻的味道。

大概我還未抵一個適合疏忽的年紀，我沒能要求爸 —— 一個曾經掉進破產陰霾一無所有的人，在生命返回正軌的日子裏再重新撿起些甚麼。就如爸沒能要求我在努力攀上斜坡時學會放下，任由生活和理想像球一樣沿着斜道滾落。

爸的失物因此越來越多了，有些價值不菲的東西也總是丟三落四的。就像媽辛苦透過轉換電訊商而獲得的幾張百佳超市現金券，就被爸夾在何權峰的心靈勵志書籍《當下，把心放下》的內頁充當書籤，然後於書籍到期日一併歸還圖書館。當然還有許多播放後忘了取出的光碟、影印後忘了取回的身分證明文件正本。然後是抽屜夾縫裏找回的發票、收據、會員卡等等，往往把媽氣得火冒三丈。談及爸的失物和疏忽，媽總是喃喃重複那一句：「結婚戒指他早就丟失了。」

然而爸卻不忘給我們打電話，生活瑣事、家庭聚會等他都一一放在心裏。我把他的狀況稱為選擇性遺忘。不過想深一層，我們誰不是如此？珍重的事物和寶貴的記憶我們會死命抓住，然後選擇讓次要的東西溜走，淪為失物，無須認領。

巴士停站時，我隔着上層車窗一瞄正在排隊上車的人龍。

見上層座位逐一填滿，我便把放在鄰座的背包擱在大腿上，讓出座位。背包裏面除了有學生們剛剛遞交的文章外，還有封存的藥油、正露丸、膠布、指甲鉗、雨傘、充電器，大概這一切還壓住一兩包沉了底部的成了碎屑的太平梳打餅。

　　我準備下車前按鐘，車頭位置的紅燈泡亮起。趁着巴士在紅燈前停駛，我才悄悄地站起來準備落下層。沒料到大腿在長久的沉重擠壓下，竟滲着酸酸的麻痹。我刻意用力跺了跺地板，走兩走感覺好多了。我把背包勉強掛上逐漸彎曲的肩脊，腦海卻忽然浮現爸在步行街的盡頭一身輕盈的背影。沒有背包，沒有行囊，只有褲袋後側亮出的一抹金光。

彈珠機

　　彈簧一張，兩顆彈珠相繼躍起。原本靠攏一起的鋼珠，在硬邦邦的現實洪流中爭相竄動、墜落，終究落入兩個疏遠的間隔，各自修行。

　　我兒時愛撿破爛，物色能夠製作玩具的材料。樓下藥房三兩天便有新貨到，丟在走道上的紙箱，整潔無損，我會悄悄將紙箱撿起，捧在手裏，揚開的封口仍漫溢着滴露的味道，昭示着它的貞潔。紙皮有豐富的質材，可塑性亦大，硬朗得足以支撐起許多孩提願望。

　　比如說，將紙皮箱瓦解，切割成幾塊紙板，再瞞着慳儉度日的外婆，偷偷往飯桌抓一把牙籤，以梅花間竹的形式戳穿紙皮，從後屈折牙籤露出的部分。剩餘的紙皮料剪成幾個小方塊，黏在紙板底部，距離均等，形成間隔，再寫上數字標示得分，一部手動的彈珠機便大功告成了。看着波子從上滾落，透明球體裏的彩色扭紋拐彎，游動如一條蛇時，我幾乎要感動落淚。然而，波子遠比牙籤來得沉重，試驗過後，紙板上曾被撞擊的牙籤都歪歪斜斜，像遇風的稻草。我藉此能輕易重組波子

墜落的軌跡。

於是多番改良，例如使用膠紙固定紙板後方的牙籤尾巴，使一根根冒起的障礙更牢固。外婆為着浪費了的牙籤和膠紙，以及本來完好卻被裁剪得破破爛爛的紙皮箱感到痛心，好幾天沒有理睬過我。三姨對我撿破爛一事向來是反感的。而外公依舊駐守他的露台，不問世事。我沒有彈簧，更不會製造令波子躍升的機關，只好蹲在門前，把小發明擱在屋前的小石級，借助它的斜度，讓波子緩緩滾落，敲出噼噼啪啪的聲音。

儘管每一發的力度那麼相近，彈珠的去向從不受我們操控。這種沒法預知的結局或許就是彈珠機迷人的地方。

如今想來，假使恒缺席，我的童年將必是枯燥而乏味的。

瞧我蹲在屋邨走廊自娛自樂，恒會湊上前，朝我的發明品嘲笑一番。儘管如此，他仍蹲下，從錢包掏出一張名片，肥厚的指頭揉了揉，我知道他在感受卡紙的厚度是否合適，才把卡紙摺疊，插入紙板兩端，波子落在那裏時便會自然反彈開去，不會堵住通道，窒礙了遊戲。而我也識趣，不會耽誤他與三姨相處的時光。三姨批改課業累了，坐在小板凳上，恒便坐在她後方的沙發，為她捶肩。我會別過臉去，省得打擾他們卿卿我我。外公畏冷，家裏很少開空調，我出走廊玩耍是貪圖這裏通風。夏夜的風從鄰旁的山席捲而下，我身上過於寬大的汗衣吹得鼓脹，滲着涼。

於是我跟恒逐漸熟絡，他玩世不恭的笑聲在這個蕭穆的家裏彷彿是一盞過分耀眼的燈，強行把那些昏沉的晚上照得燦亮。恒遊戲時也愛耍賴，眼看波子正要朝寫上 10 分的間隔墜落，他的手腕一推，紙皮傾側，波子便恰如其分地落在 50 分的一欄，輕易取勝。我重視得分和公平，往往與他吵得臉紅耳熱，甚至憋了一眶的淚。恒只管放肆大笑。我進屋，到飯桌前向三姨討公道，只見她半睜着疲憊的眼，呷一口茶，回了一句：你們有完沒完，真無聊。

這樣的情景幾乎每夜上演。縱使對出術取勝後一臉嬉皮的他感厭惡，我心底始終明瞭，童年的快樂很大程度還是需要仰賴恒來獲取。

直至一天，外婆趁三姨不在家，扯着我的手腕到陽台，囑咐我跟恒別混得太熟，要是他沒能當上你的姨丈，這樣多丟人。我們行事光明磊落，省得拖欠人家的情，何況他的家庭有財勢，我們招惹不起的。我環顧傍晚仍未點燈的、昏沉的大廳，點着頭，似懂非懂的，心裏其實打着顫，沒法想像那個每晚出現在鐵閘後的恒，有天陡然消失，那熟悉的笑聲只能在黯淡的單位和記憶中迴響。

仍記得小學的一堂中文課，老師喚一位女同學進行即場演講，題目是「我最喜歡的人」。本以為她會歌頌父愛母愛，怎料她介紹起家裏剛辭職離去的外傭姐姐。說着說着她就哽咽了，

眼眶一陣紅，班上沉寂得只餘下三葉扇旋動的聲音。她的演說戛然終止，就像她與外傭姐姐的感情。那時我在席上默然，對她的感受不以為意，畢竟擁有外傭的家庭與我的成長環境搭不上關係。聽過外婆的叮囑，我卻彷彿從那女同學紊亂的演說中逐漸體會到一點甚麼。

　　我待在走廊的時間越來越長了。當恒邁步過來時，我會遲疑，把紙板微微挪開，墜落的波子因移動而落入出乎預期的間隔。彈珠機原是不能預料的遊戲，彈珠每碰上一口釘子，向左還是向右發展，結果將會是迥然不同的。我耐不住這種委屈，終於在一個晚上，待外婆進了浴室洗澡時，悄悄向三姨和恒問了一句：你們會結婚嗎？恒為三姨捶着胳膊，拳頭懸在半空。三姨坐在小板凳上，回頭望他，二人面面相覷，噗哧一聲笑了起來。

　　恒和三姨進入談婚論嫁的階段時，我才真正釋然，肆無忌憚地隨他到處去，外婆也沒阻攔。恒是豪氣的人，冒險樂園的代幣兌換機捲走了他一張鈔票，換來綿長的金屬碰響。代幣在他手裏揮霍得很快，往往是我着他要省一點用。從前都是玩拋彩虹、打鴨子、推錢機等，後來我們經過一列機器，泛黃的透明屏後有一個猙獰的小丑臉，名「小丑貝洛」。遊戲原理與彈珠機一樣，代幣從上墜落，在釘子間躍動穿梭，目標是讓代幣排成列而不重複，連貫的列越長，獲得的獎券越多。這樣的遊

戲規則與報攤的那些乒乓球機類同。乒乓球機有五顆乒乓球，機內五條管道，只要四個球呈縱向或橫向連成一列，獎牌便會叮咚一聲跌出，能換取一張貼紙。爸經過報攤時愛玩，貪圖便宜。我翹着手旁觀，不置可否。我嫌遊戲設計過於簡陋，手把一鬆，乒乓球輕輕躍進管道，便靜止了，缺少了在彈珠機面前，那種凝視着鋼珠跌跌碰碰，看它離目標越來越近，患得患失的趣味。

當四個代幣串成列時，恒仍想追擊第五個，我着他見好就收，畢竟目前能換取的獎券數目也不賴。「我可不像你，我是做大事的人。」他説。説時肥厚的手掌已經摁下了鍵，一枚代幣在釘子的縫隙中竄動，就在碰上最後一顆關鍵的釘子時偏了右，落在重複的間隔裏。所有代幣瞬間跌落坑溝，先前的努力付諸流水。我瞪了恒一眼，他吐了吐舌，回頭繼續按鍵。

他和三姨的婚禮弄得很盛大，數十圍酒席座無虛席。那天恒和三姨就像明星，在射燈下閃閃生輝，兄弟和姊妹們成天把他們圍攏、補妝。我尚未發育，身高有限，只能偶爾藉由別人胸腔間的空隙瞥見他們燦爛的笑容。宴席上，舞台的大熒幕播放他們的成長照，其中兩張有我的份兒，是在家裏穿着汗衣，摟着二人的肩膀拍的，場裏頓時鬧起哄堂歡笑。影片結束，會場陷入漆黑，再恢復光明時，他們已在紅地氈的盡處，勾着臂彎，向前走。他們走得很緩慢，光芒照在他們身上，逐漸向舞

台延伸過去。那時我早過了當「花仔」的年齡，只能在走道旁邊協助撒彩紙，但囿於身高，撒得並不高。拋到半空的彩紙飄落，扭着緞帶似的腰肢，我聯想到穿插牙籤縫隙間的波子扭紋，想起了彈珠機，和許多個晚上的回憶。射燈掠過了我，照亮台上的恒和三姨。我知道，許多事情自這天起會改變。例如三姨會遷出這個家，我需要稱呼恒為姨丈。

我應當知道，無論他們結婚與否，生活也免不了改變。像兩顆彈珠在同一起點出發，終究還是落入疏離的間隔。

不變的大抵只有走廊的風。工作繁重，生活疲累，我很久才回一趟公屋的老家，出席家庭聚會。表弟妹們像兒時的我，跨過門檻，在走廊嬉戲，圖公共空間比室內寬敞。恒駐守欄杆前，監護防煙門後在梯間奔跑的兒子。如童年一樣，這裏的風入夜後很猛，白天青葱的山落入沉睡，下方只有街燈發出一路淡淡黃光，將滅未滅。這些年來，有關恒經商的困難、虧損金額之大，我也是從父母口中間接聽聞。恒變得暴躁，彷彿兩個兒女的體重都壓在他的身上，使那個吊兒郎當的他難以邁步如昔。眼前的他，前額一綹淡淡顯現的白髮讓風吹得高挺。他的肩膀有點下垂，只有龐大的體形沒有很大差別，像一顆過大的波子，在生活的重重碰阻裏，朝茫然的方向滑落。又或許它的體積過大，卡進兩顆釘子之間，停滯不前。

小表弟與鄰家孩子玩賽跑，恒在走廊的盡頭當裁判。小表

弟罔顧指令，偷步直往他父親的方向跑去，最終勝出了，卻換來恒的一番訓斥，把兒子羞得一臉通紅。

　　恒抬頭，向我輕佻地眨了眨眼。隔着悠長的走廊，我們相視而笑。

彩泥與黏土

揭開塑料蓋子，一陣複雜的樹脂氣味湧出，小盒子裏結實地填滿純粹的顏色。雀躍的指頭往內延伸，戳破光滑平靜的湖面，深挖。我感到涼快的觸感，卻又隨即感受到，彩泥不慎滲入指甲縫隙，那種隱約又難受的張力。

雖說恒是我的玩伴，可是我倆之間永遠存在競爭，競賽的敵意使我們着眼於勝負得失，而不是靜態的、其樂融融的黏黏拼拼。整個家庭裏，大抵只有二姨樂於跟我玩彩泥。可她不像彩泥，不是那種任人搓圓壓扁的人。印象中二姨總憋得一臉紅，稍一不慎，氣呼呼的她便會拿家裏人開刀。

二姨性子暴躁，看不順眼的事情，會輕易動火，發炮連珠說個不休。外婆對她懷揣着一份類似對待神明的避諱，她總是說，你媽輟學持家，三姨溫婉乖順，舅父勤學自重，倒是她的二女兒，活像個討債的，上一刻相安無事，下一刻頓成刺蝟，尖刺聲張，弄得家無寧日。其時二姨在陽台，手執大碼黑色垃圾袋，將家裏囤積的月餅盒和鐵罐統統掃進去。我躲在沙發角落，竭力隱藏自己，手裏牢牢抱着我的收藏品。兒時玩具不

多，於是培養了收藏瓶瓶罐罐的癖好，我尤其喜歡收集益力多瓶子，它擁有玲瓏浮凸的形狀、朦朧的塑料、圓滑的凹坑，擲地還有咚咚的迴響，洗淨後能嗅到淡淡的酸奶味。二姨不斷碎碎念，邊往袋裏扔雜物，鐵器碰擊的聲音本該響亮，卻彷彿已墜到渺遠的地方。外婆初時跟她正面交鋒，後來學聰明了，退一步海闊天空，駐守原地甚麼也不做，甚麼也不說。入夜後，她會悄悄潛出走廊，拜託垃圾房阿姐先別清理這一層。她翻找垃圾之前，不忘將一個紅包塞進阿姐髒兮兮的衣袋裏。

所以，我和二姨和平共處的時光是一份可貴的祝福。她喜歡雅致的事物，會靜靜地陪伴我繪畫、做手作，我從她低垂的眼簾知道，二姨的強悍不過是那些她厭棄的罐子，藏着虛空。我們拈一點彩泥，開始在掌中搓揉起來，冰涼的彩泥在反覆的磨蹭間漸漸變得溫熱和柔軟。初時我並不知道手中這坨綿軟的泥，帶有我的指毛和掌紋的結晶，將會在明天開始晾乾，然後龜裂，甚或冒起一點點噁心的白色霉斑。孩提時期的我沒法接受如此迅速的腐敗，畏懼衰朽，不如不玩。我玩彩泥的態度因此越來越敷衍，只見二姨專注地製作，她想模塑一隻精緻的海鳥，於是用筆尖點綴眼睛。她用間尺為鳥的羽翼輕輕切割出紋理時，忽然開腔說，倘若可以的話，她真不想待在這個地方。世界很大，我們的生活空間卻那麼小。

我似懂非懂，只管報以微笑，我不知道她說的「這個地

方」，是指這個容納五個成年人和一個小孩，以及存放大量她認為不中用的垃圾的公屋單位，抑或是我們的城市。那時我想，只有微笑能化解疑問，只有微笑不會點燃二姨的神經。

她喜歡為我們設立浪漫的創作主題，譬如「此刻的心情」，便是我們沿用多年的題目。我是理性的人，為敷衍這種虛無縹緲的主題，會在畫紙上潦個膚淺的笑臉，也省得填色，抑或用不同顏色的彩泥，故意混作一團，死命揉捏。無論任何色彩，多種顏色的彩泥混合後好像殊途同歸，也會得出類似糞便的褐色。這充分反映我內心的混沌。我看着二姨將一根牙籤折斷，然後小心翼翼地，將鳥的翅膀和身體、頭顱和尖銳的鳥喙逐一鞏固。我想，海鳥算是甚麼心情？畫紙上，我訕笑高瘦的她將自己描繪成擁有性感線條的女子。畫中女子輪廓分明，沒有五官，只有一襲躺臥的優雅的剪影，手支着頭，修長的腿交叉擺放，像極了洋人品牌廣告營造出的中產階級的想像。女子的身影時而落在豪華的浴缸，時而置在山峰上。恒偶爾瞥見二姨的創作，忍俊不禁，訕笑說：「阿二姑奶你今年貴庚啊，學人畫春宮圖。」平常也是阿二阿二的喚她，如今姑奶二字顯得格外刺耳。我在旁陪笑，其實不知何謂春宮圖，誤以為是春天的圖畫。二姨臉色一沉，回駁說你懂甚麼叫藝術，復低頭繼續素描，陰影描得很黑，卻仍是一片發亮的銀，那畢竟只是根短小的HB中華牌鉛筆，缺乏層次和深度。

　　後來二姨開始為我設定許多生活的框架，譬如夜讀。飯後特定的時間，我必須隨她坐在床沿，翻閱英文書籍。她唸一句，我唸一句，碰到艱澀的詞語，我刻意含糊其辭，二姨偏執着那些字眼，要求我反覆朗讀，直至字正腔圓。經過大半天的課堂，晚上的我本已精力殆盡，沒有耐心進行夜讀，為此被二姨訓斥了多遍。二姨兩頰盡是緋紅：「我都係為咗你學多啲嘢，裝備好自己，咪成日屈喺呢度做井底之蛙，真係好心着雷劈！」外婆見勢色不對，掀起布簾溜進房間，挨近床沿，指着二姨的鼻頭説：「哎呀你這個討債的，你這個討債的——」

　　從那時開始，我開始厭惡彩泥套裝裏的深藍色、淺粉色和紫色，凡此種種由廠家預設的，看似繽紛但不實用的色彩。我原來是個渴望創造的人，乃至覺得搓揉彩泥的過程，其實比成品更意義重大。我對生活沒有過多的嚮往，僅需要黑白和三原色，自行調配就好，用不着現成的。與其給我肉色彩泥，我更希望索取黃和紅，還有比其更大量的白，稀釋濃烈的橙，化成皮膚似的色澤。後來我們甚至逐漸遠離彩泥，選擇了純白的紙黏土，反璞歸真。相比彩泥，它的可塑性更高，風乾後的成品更牢固，像一座雕像，一件自立而不必仰賴牙籤支撐的藝術品。若非受到重挫，它不會輕易瓦解。二姨看我有藝術天賦，擱下手中成品，鼓勵我説：「修讀視藝吧，你不適合讀理科，別像你三姨和舅父，只顧出路。」我盯着她素白的掌，白色黏

土在其上風乾，本來瘦削的掌顯得更乾燥了。

　　結果我如願在高中修讀視覺藝術，一門不愁沒有名額、只怕開不成班的選修科。三年來，我終究沒有創造過滿意的作品，翻開彩色印刷的公開試試卷時，我忽而被滿腔不忿和報復心支配，選擇了最沒信心的一題——一個在花店發生的故事。腦海倏地閃現，一個女子身影沉浸在棕紅色的浴缸，水放至僅能遮掩乳房的水平，玫瑰花瓣浮蕩其中，將女子簇擁，散發淡淡的幽香。如此浪漫的想像，終使我考取了一個可恥的成績。自此我厭倦了繪畫，厭倦七彩繽紛的事物。

　　二姨後來搬離公屋單位，與準姨丈同居。外公外婆的鐵罐子沒有停止堆積，二姨卻好像少了幾分氣焰，「無眼屎乾淨盲」，她如是說。他們的單位很小，小得門戶不能同時敞開。二姨勉強移開桌上的雜物：天然咖啡豆、茶樹油、自製肥皂，騰出空間供我們做手工，她為自己捏造理想家居，想像自己置身其中：有陽台可以賞花、有空地讓她鋪放墊子做瑜伽。紙黏土要翌日才能上色，離去時，我只看見素白的微型家具，等待二姨握起畫筆，按她的心意描上顏色。

　　倔強的女兒有相好，外婆像拆解了一個隨時引爆的炸彈般，釋懷地鬆口氣。沒過多久，她又嘮叨起來：「未婚先同居，似乎不妥當吧！聽說那男的比她要小一歲。唉，這討債的只會丟人！」只是外婆並不知道，即使婚後多年，二姨伉儷仍

然睡在不同的房間，生活自給自足，一切涇渭分明。後來外婆
又嘮叨，她蛋也不懂生一隻，我便知道，以生兒育女為婚姻核
心價值的外婆，不曾，也不會理解她的二女兒。

　　近年二姨搬往米埔，越遷越遠，像一隻海鳥，展翅遠離一
切的繁瑣。可是碰上外婆的覆診日，她仍會千里迢迢回老家，
攙扶老人去聯合醫院。那天輪到我負責攜外婆覆診，我們在輪
候區盯着屏幕上久未跳動的數字時，外婆忽然向我說，你二姨
除了性子有點犟，心地其實不賴的。我說，討了的債已經償還
了吧。外婆帶笑瞪了我一眼。

　　二姨居住米埔村屋，生活空間變大了，她時常到自家天
台，挪一張膠椅，看橘紅色黃昏的天空漸漸黯淡下來。她與姨
丈周末會租單車，從家門開始，沿小路一直騎，往南生圍看遷
徙的候鳥，拍照然後分享到家庭群組。恒訕笑她落日下的背影
像個滄桑的老婦，還附上幾個頭顱傾側、笑到哭的表情符號，
介面顯示二姨正在輸入中，但我最終沒有看到她的反駁。

　　縱使遠離了視覺藝術，我仍喜歡創造，享受把意念像黏土
一樣掌控於手的感覺。我把得獎文章傳給二姨，她細讀後，過
了半天才回應，還順道推薦風格相似的作家給我，這是當商人
的父母、當老師的三姨和當醫生的舅父不曾做過的。他們會瞬
即給我一根大拇指，然後下線。「你有時間可以多讀村上春樹
的作品。」她如此寫道，我忽然懷念起很久以前，我們坐在床

沿夜讀的時光。那時凌厲的二姨，如今給我一個柔軟而不帶稜角的建議。

　　最近二姨忽然在家庭群組宣佈，她和姨丈即將移居溫哥華，先往那兒讀兩年書，入籍後再作打算。事前她對此未提過半句，說走便走，那麼灑脫。我本以為，這則宣佈會激蕩起連綿不休的追問，可是我們都選擇把漣漪藏在心底。農曆年前聚餐，我捧着紙碟子，想起這可能是最後一年與二姨共度佳節，心裏忽然堵得發慌。二姨變得健談、和善，握着手機不斷要求我們合照，好讓她在遙遠的異國，仍能懷念她的根。詢問之下，我才得知二姨報讀了溫哥華的美容學位課程，怎麼會讀美容學位課程呢？這讓我這個在香港讀書成長的人感到不可思議。

　　大抵這就是世界很大的意思。我想，年近半百的二姨終究化成她心中的海鳥。

　　縱使二姨不斷遷徙，我倆的距離越來越遠，但我仍然覺得，我和二姨始終聚在童年那張褪色的茶几前，把玩紙黏土。我們努力為乾燥龜裂的日子沾水，使其變得圓潤、有光澤，然後模塑出心目中理想的形象。黏土晾乾、硬化以後，變得牢固，我們為其塗上不太鮮艷的顏色。

線頭

那天媽坐在沙發看文藝月刊，讀到我〈失而復得〉一文，似乎有些微言：為何她在我的文章裏總是個附屬角色？連爸生活上那些微末的、難登大雅的疏忽也能「上大枱」，揭露人前，何況是自問得體的她？

其時我正在房間，面向電腦設計教材，糾結着閱讀理解填表題的邊框粗幼大概是多少，才跟考評局的版面相仿。懊惱中，我沒有回應媽的抱怨。她和爸不一樣，不怎期待別人對她的話報以甜美的笑容，她只是碎碎念着，儘管明知道爸不會把牙膏從尾部向上擠，不會戒掉開窗時推玻璃而不是窗框的陋習，但她仍得念，反反覆覆的，彷彿需要為生活尋求一個發洩的出口。

就像那些陳年往事，有關學業成績優異的她因為家境貧窮，作為長女，外公放棄供她讀書，因而被迫輟學。偶爾我喚她起床吃早餐，媽披着惺忪的眼，第一時間不是梳洗，而是向我娓娓說着她的夢，呢喃那些渴望考試但因家計而缺席、盼望上課卻因未能繳交學費而悻悻然回家的套路。我知道夢是需

要被遺忘的，奇怪的是，媽醒來後仍能牢記這虛幻世界裏的一切，包括荒誕的情節、物件的色彩等，鉅細無遺地憶述。我吃過通粉，為放軟了的多士搽上牛油時，她仍反芻着夢裏鄰座同學那些輕蔑的神情。

偶爾她也做剪線頭、穿膠花的夢，畢竟那是屬於她的童年，記憶固然深刻。外婆對於艱苦的過去不欲再提，例如番薯，擺脫匱乏後多年她不曾烹煮過。但媽不一樣，對於往事，她像是個看驚慄片的觀眾，總是欲拒還迎。她習慣把記憶碎片不論圓缺收藏在梳妝枱的小抽屜裏，裏面有個首飾盒，區分了很多間隔，放着或廉價或珍貴的項鏈。媽喜歡首飾，在首飾店櫥窗前能屈着背，以同樣的姿態維持一小時而不疲累，彷彿是櫥窗裏、射燈底擱着的那杯等待蒸發的水。買回家的手鏈，她會粗暴解剖，用鉗子擠進其中兩顆瑪瑙之間，把幼線剪斷。那是一條呈透明的帶韌性的線，斷裂後瑪瑙珠子會墜落，紛紛在飯桌上滾動。媽買來新的幼線，翻開首飾盒，自行配搭珠子的排列，像個小女孩玩串珠子遊戲，偶爾又用火機烘向珠寶，測試它們的能耐，形同在做化學實驗。

她總認為世事萬物有它應然的法則、規範的排序。我也曾如此信奉着。

幼線被遺忘在飯桌，捲曲的，像吐絲的蟲，未成繭便被粗暴地展示。旁邊擱着一堆從布料剪出的線頭，零零碎碎，疊成

很輕的小丘，像鳥身上掉落的羽毛。

剪線頭是媽的噩夢，可她並不顯得對那段指頭損傷起繭的歲月敬而遠之。從廉價的零售店買下布袋，她滿心歡喜地帶回家，我在房間聽着窸窸窣窣的膠袋的聲音，頃刻屋子回復沉寂，只有短促利索的、割裂的聲音。我想像媽坐在飯桌前，翻開手工有點劣質的布袋，剪起礙眼的線頭來，一根接一根，臉上慣常皺着眉，大廳肅穆得彷彿正進行一場儀式。

爸不在家的時光，家裏難得靜謐，我和媽似乎對此格外珍視，彷彿我們同樣渴盼沉寂。我們鮮少開電視，少說話多做事，關掉屋裏所有冗餘的電燈，默默活動着，她佔據大廳，我在房間，甚少干預彼此，一切無聲勝有聲。只有我和媽存在的家讓鍵盤聲、剪刀聲和廚房注水的聲音重新定義。我捧着添了溫水的杯，打開雪櫃打算找點吃的。涼風掠過小腿，才發現一件糕點靜靜擱在橘色光芒的層架上。那是我基於吝嗇而放棄購買的糕點。媽總是沉默地釋出善意，有時也省得提醒我，待我自行發掘。

我仍執着表格的邊框設計，滑鼠尖尖的游標按在表格右下方的小方塊，將表格拉開又收縮。然後我把題目的字體都設定為標楷體，並選取題目的重要字眼，粗體加橫線，務求令文字顯得秀美清晰。我總是這樣，執着於瑣碎，盼能按規定把事情做得至臻完美。我們都努力捍衛心中的那根線。大概這是我甚

少書寫媽的原因，從某方面看來我們其實頗相似，不知這跟擁有相同星座是否有關——那個象徵嚴謹、苛刻，敏感而壓抑，重視責任和名利的符號。大抵我們都為生命設置了基準，一根不能逾越的線，關乎常理與道德。生活中無關的人和事，乃至冗餘的話，一一宛如布袋裏的線頭，被我們剪去。

　　就像以往每逢假日，在他們辦公室協助產品引上金銀色吊線，怎料越幫越忙，弄得媽七竅生煙。除了手指笨拙，打了許多粗糙的結，我還為紅色吊飾穿上了金色線，金色吊飾穿上了銀線，配搭與樣板的需要恰好相反。我尚未有吊飾和吊線需要用近似色配搭，為免後者喧賓奪主的意識，被媽責備了一番，只好忿忿鬆開繩結，才發覺死結綁得太緊，過度用力怕會扯斷飾物，一旦吊飾頭上引線的小圈折斷就完了。媽說我笨手笨腳的，着我離開，逕自坐上摺椅，捋起衣袖免得沾上閃粉，迅即把錯配的線圈逐一剪斷，再引線。過程中她瞅着我看，臉上一副「看你多沒用」的神情。我站在旁，心想媽擅長做手活兒，幹起來當然比我出色。公司的線劣質，線尾總是岔開來，怎能輕易引進吊飾頭上的小圈呢？可我知道自己理虧在先，不敢吭聲。

　　其實我不服氣，稍後在媽出洋行的時間裏，我悄悄抓一把金銀色的線練習起來，甚至計算時間，看一分鐘內能引出多少個結。我這才知道媽辦公桌的抽屜裏，原來放着很多不同款式

的線，產品裝飾的是別人的節日，這卻是她留來裝飾自己的。

　　我自知性情孤僻，不喜群體活動，也甚少運動。本以為學業優異能抵銷這些缺點，奈何媽還是跌入別人媽的思維套路，擅自為高小的我報讀了暑期乒乓球課程。辦公室在工廈三樓，球室在二樓，那天媽牽着我手腕下樓，又哄又騙的，然後逕自坐在球室外的座椅觀看。乒乓球是我唯一能駕馭的運動，不外乎是運動量不大，與對手切磋玩「滴滴仔」，聽乒乓球撞擊桌面時，清脆而富節奏的碰響，感覺很療癒，像敲打一個洗滌心靈的木魚。於是我沒有反抗，我一向是壓抑和服從的，像媽。我接過年輕教練遞來的球拍，球拍的紅色膠皮有點鬆，木手柄用得有點殘舊發黑，隱約看見膠片下印着五顆星，沒待我掌握手感，球網後一個傲氣少年便揚起嘴角，朝我狠狠擊球。如是者，每球的壽命不過兩三下，橙色的球總是由我肩膀擦過，然後由我逐一撿拾，消磨體力和意志。年輕教練見狀，說我能力不入流，奪走我的球拍，遞上一個輕盈的網，着我不如由撿球開始學起。我感到委屈，俯下腰背，把地上滾來滾去的球推往牆邊，一網撈盡。媽不知甚麼時候離開了，玻璃外的長椅空落落的，大概是回辦公室工作。我忽然哀傷起來，淚像網中的球快要溢出，又得篩篩手裏的網，把情緒按捺下去。傲氣少年與年輕教練正在切磋速度，他們刻意把球擊落邊界的白線，叫對方猝不及防，球體輕擦桌子邊緣以取得勝利。他們也會旋球、

「落西」，橙色的球觸碰桌面後，會拐往沒法預料的方向。我拿着網，像個卑微的漁夫，感覺自己並不屬於這個地方。濕潤的眼為球打出幾層複像，我彷彿看見成群錦鯉，奇跡般從一畝藍色的田躍起。每一躍都渴望逃出邊界，重獲自由。

媽沒想過，報讀訓練班會為兒子帶來傷害。與爸一番爭執過後，媽終究忿忿往二樓替我退出課程。我呼了口氣，腦裏盪着乒乓球滴答滴答如鐘擺的悶響。只是這種陶冶性情的聲音逐漸疏落，我成為一個久坐的人，乒乓球滾到更遠的地方。我害怕球的速度太快，一局遊戲過早陷入弓腰撿球的結局。

後來偶有參與也是因為媽，她和她的教會朋友每周循例球聚一次。進入雙打，媽規定我必須把球打進斜角的邊框裏。我凝神，害怕失球會連累年長的隊友，一緊張，發出的球要麼跨不過網，要麼「擲界」，好不狼狽。球友見狀，說輕鬆耍樂就好，用不上甚麼規條。媽在彼岸欲言又止的，瞅着我，臉上一副「看你多沒用」的神情。球賽開始，媽死死盯着桌上白色的線，自個兒發球。乒乓球恰如其分地墜落框的正中，我盼一雪前恥，狠狠擊下去，球剛好擦過對面桌子的緣，叫對手防不勝防，得一分。

那刻除了僥倖和喜悅，我覺得自己還是從那堂不堪的訓練課中學會一點甚麼。

可是，與媽和她的教友球聚的光景不長。她們約會依然，

而我自行退出，除了難以抽空，也因為活動過程裏執拗比打球還要多，為着是否「擲界」，為着打平手時是否採用「刁時」制，為着種種牢不可破的規條。爸戲謔説你們這群信主的，怎都執着這些微末的規範。媽沒答話，皺着眉頭，翻側球拍，剪起弧形護邊突出的線頭。

或許媽是對的，世界總有它的一套規範，讓我們嚴謹恪守。心中的線維持它的筆直，劃分一個井然有序的世界。就像乒乓球桌總是藍的，大概因為它是橙的對比色，方便烘托出迎面而來的球。我開始做着相似的夢，夢見成群的錦鯉從藍色的田爭相躍起，獲得自由。就像媽那些考試缺席、課上中途讓老師喚走，從此被迫退學的夢一樣，不斷重複。然後中途被截斷，像一根線。

「一世人好短，忍下就過。」媽沒來由的哽咽起來。

那天感到受傷的本是我，聽她這麼一説，淚又不爭氣的冒起來。藍田北巴士總站，我們母子倆稀罕地説起這樣的話，總站的巴士出奇地安靜，繞完城市的大街小巷，終歸停靠起點，得到片刻歇息。眼前有輛手推車，放着幾塊濕透的紙皮，被紅色尼龍繩捆成一疊，我拭拭眼角，怕紙皮箱的撿拾者，那個圖利的佝僂老婦，會帶着蹣跚的步伐出現，踐踏我們辛苦經營的舒適區，逼我們把話嚥回肚子裏。我們習慣不吭聲，一發聲便是濕潤的哽咽，那些喉頭中翻滾多遍的指責和抱怨，久經壓

抑，瀉出時遍身的腺體都在説話。我甚至質疑眼前的紙皮是否我們弄濕的。

我們都對生命抱持不切實際的期待，線早在拉鋸的角力中變得鬆弛，發毛，乃至斷裂。甚麼時候我們選擇了妥協，大至理想和前途，小至擠牙膏的位置。漸漸地，我發現自己放棄把書櫃上那些無暇閱讀的書本根據高矮排列，放棄把學生將會揉皺的教材標示題幹字眼，放棄為不斷變卦的事項寫上日程表然後用改錯帶把期待塗成蒼白。媽放棄了恨意，外公生辰那天仍舊買一條紅雙喜讓他抽，遺憾只在夢中上演。媽也放棄督促，逕自搶過爸手裏的光管，去管理處借一條梯子，攀上去，保持平衡，試探着扭動光管，直至導電的金屬頭卡進光管槽陷入的地方，按下燈鍵，黯淡的家又恢復光明。

我才知道，生命由多根堅韌的、筆直的、後來變得綿軟破敗的線交織而成。從布袋剪下的線頭，在死亡面前還顯得那麼輕盈，彷彿沒有重量，大概這樣的生命才真的快活自在。我們只好承認，有始沒終的事情會留下遺憾教人抓狂，乃人之常情。心理學稱之為蔡戈尼效應。

藍田地勢較高，我們不居住這裏，但也知道這裏入夜的風特別猛。向晚的秋日昏暗下來，空氣裏漫着清爽的愜意。街燈逐漸亮起，綻開橙色的光暈，我想起乒乓球，要用多大的力氣擊打才能躍升到路燈的高度？媽和我沿着藍田配水庫球場旁的

斜坡走，下行到啓田商場吃晚飯。那時誰也沒料到，這條白天
佈滿無牌小攤、晚上公廁糞味尤濃的小斜坡，將為我取得生平
第一個文學獎。那是一首語言平白、關於成長和虛空的詩。

　　放眼看去，球場一片綠綠紅紅的，邊界的白線擦得有點褪
色了。風經由斜坡溯流而上。媽走在後方，緊了緊胳膊上的披
肩。毛冷的尾巴在半空擺蕩，恰如一撮未被修葺的線頭。

白弟

睡前我坐在床上，滑着手機醞釀睡意。微信倏忽跌下一則訊息。

本地親友皆用WhatsApp軟件，發微信給我的人，只有寥寥數位內地親戚。有些是省親時，在長輩的慫恿下，沒來由地加入了通訊錄，關係不熟絡的疏堂兄弟，至今仍不曾開拓通訊欄，彷彿交換電話號碼的意義，只是以備不時之需，替任何一方的長輩把話傳到邊境以外。

但白弟不一樣，他是我的長輩。他發訊息來問及香港的疫情狀況，在情在理我必須回應。我靜思片刻，覆了寥寥數語，不外乎香港最近的確診數字、故鄉是否不受疫情影響、最近你生活如何呀等寒暄話。

白弟並不真的是弟，這是他的乳名，是爺爺對他的稱呼。爺爺是他的叔叔，換言之白弟是我的堂叔。我記得他屬虎，屈指一算，今年他已經六十歲了。

* * *

那是個潮濕陰鬱的初春，我們舉家返鄉，來到潮州揭陽，一行八人，感覺頗隆重。那時我剛升中學，羞怯怕生，第一次隨爺爺回家鄉，四處亂竄，竟都是些工廠、辦公室、日久失修的樓宇，遠沒法跟想像中的鄉土聯想到一塊兒。仍記得潮陽的鄉土（外公外婆那頭）有四合院，各家孩子會在大廳前的空地追逐，廳堂寬敞，日光灑落露天的院子，投下方正的光與影。有人喊拍照，老老少少紛紛各就其位，輩分最大的老者能坐椅子上，幸福地讓後輩們圍攏。我們這些小孩充其量只是蹲在前排的一個點綴罷了，但仍高興見識到這種大宅門的格調。一切如此純樸美好。我帶着記憶回鄉，可惜這趟旅程的終點是我的父系家鄉揭陽（爺爺這頭），不是潮陽。長途跋涉，只得到一所燈光昏暗的辦公室，難免失落。我們疲憊的靈魂擠在那張供客人坐的假皮沙發。爺爺忙着與職工接洽，我們呆看天色逐漸昏沉。我的喉嚨無比乾涸，款待客人的茶几上，功夫茶小杯乾燥得起砂。

白弟叔在此時亮相，他身穿一件雪白唐裝，衣上隱現龍鳳的圖案，頗有儒者的風範，與幽暗的廠房格格不入。白弟膚色黝黑（據聞是出生時膚色太黑，父母取個反語，把乳名改為白弟），他的鼻子很高，像個印度人。常聽爺爺說白弟如何如何，腦裏的想像往往是個入世不深的高瘦小子，在今天以前，我對他可謂一無所知。我只知道白弟是爺爺的姪兒，替他掌管

潮州的生意。沒料到白弟竟不是弟，是個中年大叔。媽上前打招呼，她站在魁梧的白弟叔旁邊，忽然顯得渺小。他聽着媽的話，帶笑點頭，望着我們，手掌無意識地摩挲着。又斟茶添水，分明是長輩，但沒有半點架子。我想白弟叔是個練達的人，難怪爺爺如此器重他。

那晚爺爺相約顧客用膳，我們當後輩的，雖對這種應酬場合不以為然，但只好唯唯諾諾。離開辦公室已近黃昏，春雨綿綿，柏油路上擊出許多綿密的小漣漪，雨點敲落頭上的鋅板簷篷，聲音鏗鏘有力。我們人數太多，雨傘有限，加上雨勢愈來愈大，誰也未敢踏出第一步。白弟是首個挺起傘子的人，手搭着我的肩膀就是一推，我有點錯愕，邁步不敢太大，怕踏上水窪會濺起過多的水，沾濕他一身的儒雅。他把我們逐一往車裏護送，啟程便往酒家去。

晚宴的桌子很大，足以容納二十多人，每個座位恰如其分放置着一套餐具，厚重的窗簾阻隔了外頭的暴雨。我們忍受着雨後濕透的襪子、發涼的腳掌，待爺爺、細奶奶及諸位貴客入席了，才拘謹地踏上地毯。地毯毛絨絨的，每一步都有下陷的感覺。飯宴上我保持緘默，拘束得整頓飯下來，只敢夾取距離最近的那碟菜，不敢旋動轉盤，更顧不得偏食。

桌子兩頭本來河水不犯井水，彼岸的爺爺忽然喚我，席上的目光頃刻聚攏我身上。他讓細奶奶替他取來袋子。細奶奶脾

氣不好，討厭應酬潮州眾鄉親，她板着臉，把袋子直往他身上
拋去。爺爺翻找了半天，掏出一疊過了膠的A4紙，派傳單似
地，傳給他的營商夥伴和諸位鄉親。我有種不祥預感，腼腆在
原位，心臟怦怦的跳得厲害。臨出發前一周，爺爺囑咐我帶上
考取全班第二名的成績單，往他辦公室去一趟。我沒想過他會
大量複印，還過了膠（或許預知回鄉這幾天下雨）。「你看我孫
子，全班考第二名，多不簡單！」爺爺用潮州話說，鄉親們恭
維稱是，我有點無地自容，哪怕是全級第一也沒甚麼好炫耀，
更遑論是班中第二？白弟叔附和着：「後生可畏，後生可畏！」
我有點汗顏，陪笑着，希望話題及早轉移，好讓我上洗手間解
手，逃遁尷尬的場面。

　　我如廁後洗手時，一把渾厚的聲音傳來：「小弟真本事，
我兒跟你沒法比。」我望向鏡子，白弟叔前來，捋起唐裝衣
袖，按下水龍頭，水柱粗暴地噴湧。他操的是揭陽腔調，我隨
外婆的潮陽腔，聲調有些差別。白弟叔看着鏡子裏的我說：
「難怪你爺爺這麼疼你。」我微笑，不懂如何回應，點頭的話會
顯得驕傲，不回應又無禮。「行行出狀元，沒必要比較，我只
會讀死書，其他一概都不懂。」我說。

　　白弟嘴角微微掀起，烏黑的眼像藏着一條深邃的沒有出口
的隧道。

＊　＊　＊

那時我真的只會讀死書，其他一概不懂。

我自小認為向成人靠攏是成長的捷徑。然而這種追尋與仿效，稍一不慎便會自尋煩惱，因為孩子仍未有充分的成熟和世故，去理解成長是需要學會擺脫教科書上刻板的對與錯，並接受世界的複雜性。

*　　*　　*

「他豈止一個兒子，」爺爺説，説時用午飯後抹嘴的餐巾擦拭辦公桌，「也不知暗地裏丟了多少個女嬰。」

我有點迷茫，愣了一愣，不懂爺爺的意思。這趟回鄉，白弟好客、務實又帶點瀟灑的形象，多少教我有點景仰。爺爺的話讓我想起通識課上有關一孩政策的討論，還有課本漫畫中那些面目猙獰、棄置嬰兒的父母。「不會吧？」我感到不可思議。「何時的事？你親眼目睹嗎？」爺爺顯得有點不耐煩，莫名其妙地拋出一句：「都是群吃裏扒外的東西！」我聽得一頭霧水，無端受罵，心裏很是憋屈。爺爺向來性子烈、難服侍，對外對內是兩副臉孔。往日無論他如何無理，我都是畢恭畢敬的，可是今天我不過多問兩句，他倒出言傷人，誰吃裏扒外了？我當下有點惱火，不辭而別。

「你可是知人口面不知心、入世未深的孩子！」我沒有想過，爸的口氣並不比爺爺好，初中生最討厭被人視為黃毛小

子。爸補充説：「你的白弟叔可不是盞省油的燈。」

　　接下來的日子，有關白弟過往的種種劣跡，接連在吳家浮現起來。我的好奇心有如一根雪條棍，往事是沉澱水底的沙，沒有人觸碰還好，攪拌起來卻沸沸揚揚，水不再潔淨了。他們口中那個老謀深算的白弟，與我印象中儒雅可靠的堂叔判若兩人。除了棄嬰一説，還據聞他以公謀私，多番「打斧頭」。幸虧那個原料商是爺爺的朋友，他不忍看友人被姪兒瞞騙，暗地裏通風報訊，説這個白弟竊自向大哥你多報了價，實情是他吃了差價，錢溜進口袋，用來嫖賭。

　　我起初對此將信將疑，然而，爺爺言之鑿鑿地描述這一切，縱使沒有確鑿證據，論及親疏，我還是該相信爺爺。後來他又説，白弟叔逼使他，將鄉下祖屋寫在白弟叔名下，讓他接管打理，反正丟空也是丟空，他們夫妻入住，在地鋪辦點小生意，日後倘若爸爸和我有意回鄉，他隨時樂意搬遷。

　　我聽得更茫然了，爺爺從不是怯懦屈服的人，「你為何不乾脆解僱他呢？」無知的我問爺爺。他碩大的身軀陷入大班椅，真皮製成的椅背不抵重量而後傾，發出咿咿呀呀的受壓聲。爺爺閉起雙目，用沉默回應我。對於白弟幹的好事，他向來是睜一隻眼閉一隻眼的，只是他會將閉眼期間聽到的聲音流傳出去，使它街知巷聞。

　　如今想來，相比那數十塊錢的虧損，爺爺更想獲取的，

大抵是寬恕賦予他慈善家式的優越感，使白弟虧欠他人情，使他得到眾人稱譽。爺爺樂於向所有人展示，他不是錙銖必較的人。白弟叔貪圖的是小利，但他非無恥之輩。讓白弟叔內心有愧，對爺爺和公司也有好處。白弟之於爺爺，就像一個牢固但穿了小洞的米袋，雖有損失，但使用多年，捨不得換掉，況且他仍需依靠這個米袋，運送更多食糧。爺爺承認，白弟除了貪小便宜，對他、對公司還是忠心不二的。

生意人嘛，每個決定必然於己有利。

＊　＊　＊

後來爺爺生意衰頹，他將內地的辦公室交予一位比我年紀稍大的姪孫打理。年輕的姪孫有拼勁、穩打穩紮，但缺乏經驗和城府。

據聞白弟叔正式離開公司，去了駕貨車，靠腦袋謀生的人忽然幹起體力活，殊不簡單。再次見白弟叔是數年後的冬天。夜幕低垂，揭陽的晚風很清涼，街道寂寥無人，只有晦暗未明的燈照亮歸心。我們大早到了祖屋，受白弟嬸的款待。祖屋不像潮陽家鄉的四合院，不過是棟平平無奇的建築，簡陋得樓梯仍是缺乏扶手欄杆的那種。地下是他們兜售電器家品的小店，由白弟嬸打理，圖個零錢也好打發日子。二樓則是他們的居所，敞開門，不過是一台電視，放置在破爛的黑木櫃子上。

夫婦倆的床讓白色蚊帳覆蓋，並不典雅。簡樸的家居，空間大得毫無意義。白弟嬸像導賞員般從旁介紹，嘴巴說個不停。白弟嬸是個胖大姐，個子不高但很粗壯，像個農婦，說起話來像發箭。爺爺說他們夫妻愛吵嘴，我能想像白弟叔如何受妻子的語言轟炸，直叫他跪地求饒。

巡視一圈，無甚可看。白弟嬸關上房門，我們跟在她身後，正要下樓返回店面，爸拉住我的胳膊，確保白弟嬸走遠了，低聲在我耳根邊說：「怕我們向她追討房子，特意裝得這麼清貧。」我笑了笑，沒有答話。

重返店面，一輛貨車已停泊門外，車頭燈綻放刺眼的光芒。白弟叔回來了，只是，他再不是數年前那個意氣風發的白弟。

翌日中午白弟用他的貨車載我們四處走，還請了朋友幫忙駕駛。「小弟，你跟我坐在前方。」我頗為雀躍，這是我第一次乘坐貨車，可以從高處感受「一覽眾山小」的優越感。我與白弟叔和司機坐前排，爸媽在身後。貨車成了我們的觀光車。起初白弟仍會介紹窗外地標，可說着說着沉默了，原來不敵睡意打起了盹。我看着他，端詳身旁的堂叔，那個爺爺口中作惡多端的人，如今正在我身邊，純粹而毫無防備地打盹。他再沒有穿上白色唐裝，而是套着樸素的褐色毛衣，交叉着手小寐，像一朵委靡的花，與公園任何一位大叔無異。厚厚的眼袋積存了

多年的不甘和算計，以及不為人知的隱情。

眼簾下垂，堵住了堂叔眼裏深邃的隧道。

貨車裏很平靜，只有偶爾的鼻鼾聲，和車子駛過凹凸不平地時，後方傳來鐵皮顫動的聲音。我注視窗外的景色，忽然覺得，一切真真假假，是是非非，已然不重要。我只需知道，爺爺是我的爺爺，白弟是我的堂叔，便足夠了。

窗外有工廠、稻田和草原，它們一一閃現，瞬間又落在身後。

＊　＊　＊

後來許多事情起了翻天覆地的變化，據聞與爺爺稱兄道弟的原料商要求加價，二人最終鬧不和，絕交收場。商場如戰場是不爭的事實，應酬的宴席聚了又散，誰知當年原料商向爺爺匯報狀況，是真為爺爺着想，還是賣個順水人情、套近乎呢？爺爺雖縱橫商場多年，可他仍輕易動真情，動輒掏出心肺，用私事（包括孫兒考第二名的成績單）博取合作夥伴的信任。我盼望過膠的成績單已被他們銷毀。

爺爺腦袋長了一顆毒性腫瘤，致使起居需要別人從旁照料。細奶奶益發不耐煩，積壓已久的怨恨如腫瘤的癌細胞蔓生。她與爸和姑姐的齟齬越來越多，又聯同數位不知從何而來、意圖不明的乾女兒默默守護爺爺最後一段路。她們輪流駐

守醫院，以貼身照顧為由，把我們抵在門外。爺爺戴着起霧的氧氣罩，她們團團圍攏，哭得聲嘶力竭。我們這群親子嫡孫反成了屏風後的看客。

最近一次見白弟，是在爺爺的喪禮。潮州鄉親千里迢迢來港，到紅磡世界殯儀館，鞠躬、瞻仰遺容、上山、吃解穢酒。我仍記得白弟來到靈堂前，在花牌的見證下，俯伏跪地，然後深深拜了三下。他的舉止惹來不少賓客的目光，後來他緩緩站起來，上香，把香燭插在台前的香爐。相框裏爺爺臉色紅潤，微笑對着他的姪兒，沒法言語。我並不知道，跪地鞠躬的一刻，堂叔對爺爺的感情，到底是愛是恨？是執着還是釋懷？

在死亡面前，人間的恩怨應是遙遠和渺小的。只是留在世間的人，紛爭未曾平息。

解穢酒上，我們漸漸多了言語，開懷暢談，畢竟爺爺年屆八十六歲才離開，算是笑喪，沒甚麼抱憾了。只有細奶奶一人，掛着哭得通紅的眼，坐在席上默然不語。她不喜歡潮州一眾鄉親，也不喜歡我們一群繼子繼孫。爺爺在生，顧念丈夫的感受，她尚不敢多言，如今丈夫也走了，細奶奶沒甚麼好顧慮的，宴後匆匆推開酒家的大門，頭也不回地離去。

她報復似的花費爺爺大部分遺產，大多花在喪事上。自此我再沒有見過細奶奶。據說她偕同那些乾女兒返了美國，與她和前夫的親子女相聚。

宴席中段，我和白弟叔再次在洗手間遇上。「你們細奶奶好像不歡迎我們來送喪。」白弟叔呢喃道，朝鏡子洗了把臉。相似的情景，截然不同的處境。當天在潮州參與應酬宴，如今在香港參與爺爺的解穢酒。當天他是爺爺公司掌權的人，如今是名貨車司機。當天我是升讀中一的小子，今天是就讀大學的少年。

「她似乎也不喜歡我們。」我回應道，向鏡裏的堂叔無奈一笑。

* * *

如今想來，鄉下祖屋儘管破舊、不值錢，它卻是爺爺難得沒有落入外姓人手中的資產。幸虧白弟叔當初落了名字，才不致易手。塞翁失馬，焉知非福。怎樣説我們始終流着一樣的血。

「謝謝關心，這邊疫情漸趨緩和。你和阿嬸一切可好？」我給白弟叔回了訊息。

「還是老樣子，生活磨人。」他寫道，馬上傳來一張貨車的照片，表示天色已晚，他仍未能下班歸家。望着黑夜中的貨車，往事頃刻回流，隔着照片，彷彿感受到揭陽夜裏的風和雨。無論貨車是否那年我乘坐的那一輛，被撥往腦後的景象大概是相像的。

你我的歸途

謹以此文紀念江小容老師

　　昏黑的夜幕降臨，籠罩屋邨四周的樓宇。它們同屬一條邨，樓宇的名字相近，或許只有一字之別，多帶有吉祥和睦的寓意，像我們的名字。我記得你在九月初的課，瞥了眼座位表，喃喃念誦，便再也沒有把我們的名字遺忘。

　　母校依舊聳立山前，由一條弧形的樓梯連接地面。樓梯朝左右兩面延展，左邊的通往母校，右邊則通往鄰旁的中學。兩所校舍縱然是毗鄰，卻像現代社會的鄰舍關係，河水不犯井水，永遠相敬如賓，除了體育課偶爾有球越過鐵欄，需要彼端的學生打回去以外，記憶中兩校並無甚麼往來。

　　縱使如此，老師上課時卻少不免拿兩校來比較，結論往往是我們這邊的師資和學生品行都比他們好，話裏頭有點瞧不起人的味道。你卻永遠站在旁邊，輕輕微笑，不再年輕的臉上，笑起來時雙頰的法令紋何其清晰。它成了一根連接鼻翼和唇角的繩子，牽制你的嘴巴，使它不輕易流露坦蕩蕩的言辭。

　　君子坦蕩蕩。可是你不能活得那麼瀟灑。教授宋詞時，

你說過喜歡辛棄疾，喜歡他的灑脫，喜歡他豪放中滲透婉約的筆鋒，遠勝李清照式的傷春悲秋。你認為李清照的哀腸過於煽情，不符合現實，這樣確鑿的言論，大抵是你經歷了千錘百煉後，斧鑿畢生得到的總結：誰不曾為抒情的文字動情？但在抒情和感動以後，我們還是要歸於平和，面向生活，像你再沒有手握墨水筆寫日記，而是手執紅色圓珠筆，批改一疊復一疊的文章和課業，教員室內的身影漸變得單薄。

然而，那時我是一壺沸水，把傷春悲秋的文字奉為圭臬，覺得你太現實，只在乎評分準則和文章反思，對我刻意雕琢的文字非但沒有予以表揚，還打了個差勁的分數。

於是旅行日當天，我逕自離開團體活動，在沙灘一隅的燒烤椅上，與你談論、爭論寫作。艷陽高掛，腳下的沙幾乎能熔蝕鞋墊，你不僅要承受高溫的環境，還要忍受我熾熱的語句。現在回想，那時胸腔裏藏着的不是一股熱情，而是由憤怒和不甘助燃的一團火球，不懂分寸地展露光芒。

燈火悄然熄滅，只有傍晚的路燈亮起，球狀的燈體發出淺橘色光芒。我開始思考到底是誰啓動這盞燈？幾支路燈依次亮起，但亮度略有不同，其中一支只有黯淡殘敗的光，似是耗用已久，生命燃燒殆盡，等待被替換。你會記得途上每個曾經受你照耀的人嗎？你該早已習慣目送他們下課，雀躍地從樓梯奔跑離開，他們的身影帶着六年的記憶下沉，又迎來新一批臉

孔。離去後，會攀上這一段弧形梯階回來的人，卻只有寥落的少數。

今天我就是少數的一員，可是我選擇了錯誤的時間回來。步入校門，廊道有點黯淡，寂靜無聲，校園凝結在初春乍暖還寒的淒冷氣息之中，沒有氣球、攤位和飾物，沒有歡呼和聚攏的人群。這是個何其平淡的日子，與任何一個上課天無異，學生白天依舊來上課，如今已下課回家為前程拼搏。

畢業以後，基於大學課業繁忙，家庭面臨重大變異，我遲遲找不到回校的檔期和藉口，心裏其實也故意拖延，想保留這份期待。面對工作和難題，我從不拖延，定會迅速把問題解決。但重逢和聚會是高興事，不必急於一時，像浸泡在鹽水裏的鹹柑桔，泡得越久越有味道，待個十年八載才回來，倘若混得好，大有衣錦還鄉的喜悅，說不定你會視我為驕傲吧？

可是我沒有想過，有些事情不能等。今夜，畢業後的第三年，我回校參與你的追思會。

教員室在地下，門外走廊有一列長長的簿櫃，透明趟門貼有標籤，按英文姓氏排序，打印了不同教師的名字。沒想到數年間，人事變動那麼大，許多名字我都不認識。我的目光茫然巡遊於多個熟悉或陌生的名字，數到K的時候終究找到你的一格。你的簿櫃在最低層，緊貼地板，取東西時需要屈膝蹲着。還以為你的抽屜已被清空，但裏面仍堆放了密密麻麻的雜物。

　　我輕易瞥見你的簿櫃裏擺放着一卷卷未派發的油印紙。學校為節省資源，印刷筆記都使用較環保的油印紙。油印紙太輕薄，質素較差，不便保存，隔些時日會泛黃成褐色。由於纖薄，紙張被橡皮圈捆綁時，容易捲曲成卷，我們收到筆記的第一時間，往往不是寫名字，而是忍不住把它壓在桌上，努力撫平波浪的摺痕。

　　我們都是愛整潔的人，甚或到了強迫症的程度。你常批評某些男同學沒有妥善保管工作紙，弄得皺巴巴，像梅菜似的。然後表揚我會把各科物資分放在不同顏色的文件套裏，教我沾沾自喜。

　　我想，假如你看到自己的簿櫃凌亂如此，會有多難受。

　　禮堂燈火通明，與窗外漆黑的夜色切割開來。堂裏有輕緩得沉重的音樂在蕩漾，講台前展開一張長桌，白布覆蓋，桌上放置了兩個點亮了的白色燭台，燭台間擱着你的照片。你披了頭短髮，微微低頭，笑起來不露齒，依舊那麼含蓄內斂，法令紋如記憶般鮮明。那天學校旅行，同學邀請你參與沙灘排球比賽時，獨坐一隅的你也露出近似的微笑，一個蘊含婉拒意味而不教人為難的微笑。低調了一輩子，你會否介意成為今夜的主角？

　　舊生和教師紛紛入席，我坐在最前的一列，麥克風的前方，以便待會兒進行分享。身旁坐着你的摯友——中文科黃

主任，她擠出笑容與我寒暄，厚重的眼影也掩蓋不了眼眶的浮腫。我們簡單聊了些近況，客套而俗套的話，彷彿生活永遠能安穩前行，沒有梯階使我們絆倒和停滯。禮堂蒼白的光映在黃主任的眼球，泛着水光，看似清澈平靜，湖底卻隱隱匿藏動盪的漩渦。我們的話題刻意躲開你，彷彿有個無言的共識——你是今晚的禁忌。

　　我揭開追思會場刊，看見一段你就讀初中的女兒寫給你的話：「媽媽，雖然你經常很晚才回家，在家也只顧批改學生的功課，我們相處時間不多，但我仍感謝你成為我的媽媽。」我心頭酸了，想起你簿櫃裏的文件、未及批改的課業，人已經離去，責任卻好像永遠不會卸下。路途遙遠，但生命的路並不長，時間和精力總有殆盡的一天。窗外的路燈依舊或明或滅。

　　轉眼間，我已面向群眾，站在麥克風前，分享與你經歷的點滴。場內一片寂靜，台下的群眾有的眼神空洞，有的掏出紙手帕擦拭眼角，側着臉望向窗外漆黑的晚空，無法直視照片中你和藹熟悉的臉龐。我談及你我沙灘上的對話、談及你我同樣喜歡過氣的粵語流行曲，黃主任勉強着笑臉，眼睛越發通紅了，身旁的中年男士大概是她的丈夫，向她遞上紙手帕，二人又手挽着手，共同面對自身的脆弱。堅強和脆弱此刻沒法再清晰區分，我沒法想像，自從你的噩耗到來，她每天如何收藏脆弱的自己，邁步踏入課室，故作堅強地講課，承受眾多雙無知

的眼睛，再言之鑿鑿地，借莊子鼓盆而歌的故事，教導學生看淡生死和榮辱得失。

教師並非莊子，我們難以灑脫地拋開情感的牽絆。教師終日承受投影機的光芒，裝出一副專業的樣子，竭力遮掩自己身後、投射到屏幕上的影子。

分享完畢，我返回座位，接下來是黃主任發言。她深深吸了口氣，壓抑着心中的湧浪，站起來，牽着丈夫的手走到台前，像個需要攙扶的病人。黃主任曾經教我普通話科，說話落落大方，形象自信而高貴。擁有數十年教學經驗的她，此刻卻怯於承受眾人的注視。說不了兩句，談到當年與你在此相識、一起共事，她便開始哽咽，語音逐漸含糊，繼而不能發出一個能夠辨識的音節。沒有人敦促她，沒有人安慰她，沒有人上前打圓場。她的丈夫像一尊塑像般木然站着，握着她的手，沒有多餘的舉動，悲傷終究需要自身去面對。沉寂的禮堂裏，黃主任抽鼻子的聲音如針刺般扎進眾人的心房，不會血流如注，不會撕心裂肺，卻是沒法防備的痛。

到儀式最後部分，我們為你獻唱了一首《月亮代表我的心》。司琴彈起前奏的一刻，那種懷舊的音調，已然使我的視野變得模糊，淚水終究還是溢出了能忍受的防線。於是整首歌下來，眾人的歌聲都是顫動的，我們唱得不很好，深情相愛的歌曲不該用作離別。我們沒法仿效莊子鼓盆作樂，但願歌聲能

傳入你的耳中，讓你在彼岸得到安息，再不要活得那麼勞累。

　　相隔數年重遇的老同學，今夜都沒法好好聊一聊。追思會過後，天黑漆漆的，教人心裏滿是防備與不安。我們扶着欄杆，憑藉路燈微弱的光，區分梯級與梯級的邊緣，一級一級下行，以嚴謹的腳步邁向各自的路途。或許以後再不復見，或許也會重逢，然後在聚談的餐桌上刻意躲開你的名字，掏出光鮮的消息放置轉盤上供眾人品嘗。燈光疲弱，我步過母校旁邊的屋苑前往車站，彷彿看見你站在燈火闌珊的地方，與辛棄疾詞中的那人一樣，瀟灑地揮袖而去。

耆跡

我朋友不多，念書時總嫌同儕太幼稚，聊不來，也拉不下面子來跟他們認識。近年踏足社會，職場上每句話都彷彿利害攸關，吐露真言前思前想後，往往懸崖勒馬。如今翻閱電話通訊錄，大都是些說不上心底話的泛泛之交，我不禁感觸，懊悔自己眼睜睜看着友誼的最佳孕育期溜走，質樸的朋友只會隨成長變得越來越稀罕。

同齡朋友不多，倒是與後輩和前輩投緣，尤其是一眾年長者。年少時認為結識年長者很威風，視之為成長的冠冕，久而久之認識了諸位忘年交，後來他們就成了我寫小說的靈感泉源。按年齡他們大概當得上我的祖父，可代溝未曾形成。我從這群老者身上得到很多，或許是慰藉，或許是智慧，或純粹是一種對生命的感悟。

雲

雲擁有中年發福者應有的圓鼓鼓的肚子，側身行走時特別顯眼。他的工作就是在食客前不斷遊走，當他雙手控着同樣圓

滾滾的桌板，踏着暗紅發污的地毯經過時，我彷彿看見兩個圓形在滾動。

雲是酒樓部長，我見證他由主任晉升經理。但他沒有因此撤回收銀台旁的大班椅，反而顯得更積極了，他經常笑言自己是打雜，高峰時期不用托盤，雙手提着四個茶壺也綽綽有餘。他戴深紅色發毛的領帶，愛穿白恤衫，多次翻洗後未褪的茶漬仍然礙眼，使衣服的顏色變了象牙米黃色。恤衫穿久會變薄，我能瞄到他穿的白色背心的輪廓。

我是茶客，他是部長。我永遠坐着品茗，仰視雲，聽他滔滔說着自己的家事，說時眼睛從不正視人，而在視察樓面的一切狀況，像個有戒心的孩子。雲重複強調兒子念大學時得到的獎學金如何龐大、媳婦在公司部門當多大的主管，光榮與自豪的色彩紛紛寫在臉上，碰巧有人入座或下單，雲不會怠慢，連忙把展示家庭照的手機攔在我碟子旁，我知道他自會回來領取。

雲與其他部長知客不同，從不向我推銷粽券、月餅券、年糕券，我堅持惠顧，算是對他的支持，年底卻無暇來換領年糕。那天雲親自搭小巴到我家附近，交收三底年糕，其中一底是他送的，不收錢。我接過沉重的紙袋，忍不住問雲：「你到底使唔使掅quota的？」他笑而不語，眼睛瞇成一條縫，像個羞澀的孩子。

　　我愛看他推着酒樓天花的路軌垂落的屏風，拼拼湊湊就把寬敞的大廳區間出別致的廂房，有時雲會把自己鎖在房子裏頭，大概忙着為晚上的宴席張羅。我埋單想跟他道別時，便見他從其中一扇屏風的門步出來，像個躲貓貓的小孩。

　　樓面推點心的阿姐見這個年輕人跟雲哥那麼熟，紛紛說我是雲哥的兒子。這個謠言後來在酒樓散播，如病毒般沒法殲滅。我起初努力澄清，後來只淡淡呷一口普洱，微笑以對。雲永遠記得我愛喝沉穩的普洱，而不是香氣四溢的水仙或香片。每次踏入酒樓與他對視，雲迅即走進狹小的茶水部，銀亮的小空間熱氣蒸騰，他碩大的身影在瀰漫的煙霧裏浮沉，果真像一片雲。

揚

　　揚是我住所樓下的保安員，當值中更，故此下班歸家時總能碰上他。他與早更的胖大嬸不同，沒有身穿寶藍色保安服，也沒有四處打聽每家每戶的名字、作息習慣、誰家的孩子最聰慧、誰家的狗比較兇悍的問題。揚只默默駐守狹逼的小更亭，除非交管理費，不然很難看見揚跟住戶有交流。即使是大年初一，他也默默守在裏面，不像倚在門前十指緊扣放胸前的胖大嬸。除非住戶敲門，不然他不會主動對你說恭賀語。

　　可他並非孤冷無禮的人，他只是不愛張揚，喜歡靜靜躲在

一隅，等待晚飯時候到來，便外出買個飯盒回更亭吃。我們在素不相識的狀態下維持了一段不知多久的歲月，直至那年寒冬，天文台發出霜凍警告，我揉着僵冷的雙手回到大廈閘前，糾結如何觸碰那滲着鐵涼的密碼鍵時，我看見揚焦躁地從我身旁掠過，轉瞬又再走過，看是在圍繞停車場急步行走。我問他怎麼了，他蜷縮着肩頭，回說：「坐在裏面好凍呀，要不斷走動，才暖和一點。」

　　我們的保安室，沒有空調也沒暖氣，嚴寒和炎熱只能忍受，平日說話大大咧咧的胖大嬸，在這種大事面前從不會出頭，怕丟飯碗。看身材尚算魁梧的揚縮着肩，我心頭一緊，翌日買了幾個暖包，給了些同樣當保安的父親，還有揚，然後留一包給自己，以備不時之需。揚接過保溫包後，沒有客套的推卻，誠心實意向我道謝，我想那不過是微不足道的關心罷了。新年後保安室傳出電鑽的聲音，炎夏前便裝上了冷氣機，自此更亭便很清涼了。後來才知道，是揚向主席提出的要求。惜字如金的人，語言的份量總比成天吵吵嚷嚷的人重多了。

　　自此話匣子打開，他顯得多言和開朗。疫症時期，我在家工作，黃昏外出買個廉價的兩餸飯盒，在半路遇上回程的揚，手執裹着飯盒的膠袋，我看見白色袋子的底部盛着漏出的汁。他介紹我光顧街市內街的那間鋪，只多走幾步，選擇更多，人流少也衛生。我依他的指示前往，二十五元兩個餸，果真價廉

物美。揚沒有值更的日子，我曾在擠逼的地鐵車廂與他碰面。每次遇上不該在此場景碰面的人，我總驚歎緣分微妙的力量。

　　偶爾夜歸，漆黑將更亭的燈光烘托得慘白，坐在房子裏有點無所事事的揚看到我，總拋出一句：「今晚咁夜嘅？」我忽然有點感傷，下午離家至今已逾六個小時，期間我一直前行，回來他卻仍然停滯。但他不會用吵耳的收音機或大廈流傳的消息充實時光。他只靜靜地存在。爸說過中更的時間最難熬，眼看下午艷陽收斂，夜幕低垂，時間倍感漫長。

來

　　來是個活在窗口裏的人。前來診所的病人不論精神如何迷糊，大抵也能察覺到，取藥的窗口裏藏着的並非一個身穿護士裝的妙齡姑娘，而是來，一個年逾七十的老伯。

　　來的鄉音很重，語調倔強也粗暴，大抵許多病人也曾受到這位「護士」的「喝斥」。每日四次，每次一粒。每個窗口外的病人都要垂頭，茫然跟隨他比劃的手指，凝看透明藥袋上潦草的筆跡，努力以視覺獲得的資訊彌補聽力的不足。來有種與生俱來的木訥和嚴肅，病人唯唯諾諾也沒有繼續追問和溝通的意思，付了錢就提着白色的藥包離去。

　　門內的女西醫與我們一家都熟絡，是個經驗豐富的好醫生，可是作為她的助手兼丈夫的來，顯然沒有得到好評。那次

醫生叫我要多運動，我説我只懂得打乒乓球，白布簾後的來忽然冒出頭顱，雙眼發亮：你會打乒乓球？閒談之間才知道他大學時期是乒乓學界的高手。大學時期？我心生疑惑。後來又揭開他的面紗：他不但念過大學，更是醫科高材生，可惜因為當時內地政局動盪和經濟壓力的關係，最終考牌的機會讓給了愛妻。我注視眼前的伉儷，倘若他那時稍微自私一點，説不定眼前坐着應診的是他而不是她。

於是我把來帶出他的洞穴。他揮拍的勁道絕不是年屆七旬的老頭所能企及的，要麼不打，要麼每一拍都擊中致命傷。我疲於撿球，來在球桌對面看見我的狼狽相，吃吃地笑，這是我第一次看見他的笑容。

後來工作繁忙，我再沒有餘暇打乒乓球，也少了前來診所搭訕，除非生病。那天來用膠套覆蓋探熱針，從窗口遞給我時，樣子有點欲言又止的。我把探熱針叼在舌底，含得有點麻痺時，來忽然探頭出洞口，試探地問我：「你還有打乒乓球嗎？」我搖搖頭，嘴巴忙着探熱又沒法解釋甚麼。他有點頹然地坐下，繼續在洞裏配他的藥。他手腳一直忙着，臉上一副若有所失的樣子。

輪

輪與我有親戚關係，他是我姐姐的家翁、兩個外甥的

爺爺。

　　他在兒孫面前從不擺架子，也不多言，接放學時總是默默為其提書包，臉帶尷尬的笑。輪認識來，他們是同鄉，輪在內地教語文，來與妻子讀醫。可惜輪不如夫妻倆幸運，來港後資歷不被認可，唯有接點散工度日。

　　姐姐二人談婚論嫁時我初次與輪在宴席上認識，當時他在機場當搬運工，年逾古稀的老者，怎有心力運輸別人的行囊？何況他還是個文人。我盯着他倒映在轉盤上的臉，帶着拘謹的笑，就猜度這笑容後方藏着甚麼辛酸的故事。

　　後來機場那頭嫌他年邁，怕工作時有閃失得作賠償，索性解僱了輪。輪於是承爸的推薦，前往寓所附近一棟樓宇當夜更保安員。晚十朝六的當值時間，注定他必須捨棄白天，也注定他與住戶關係淡薄，農曆年少收幾封紅包。儘管與孫兒同一屋簷，但相聚大概僅有晚飯後的兩句鐘。疫情遇上停課，狹窄的家只有一堵木板阻隔他與精力充沛的孫兒。白天固然不得安眠，而黑夜很快又來。

　　同是文人，寫作和文學成了我和輪之間的橋樑，儘管我倆推崇的文學風格不盡相同，但我仍會分享自己的作品給輪，讓他向我多提點意見。我腹中墨水遠不如他，只能頻頻點頭，不懂裝懂，此刻他眼裏閃着光芒。

　　輪喜歡帶上一本書值更，在夜闌人靜時閱讀。偶爾白天睡

眠不足，輪會在崗位閉目養神一會兒。據聞那晚恰逢大廈主
席經過，看見輪閉起雙目，以為他當值時睡着了，連忙拍照作
證。翌日輪撰寫了悔過書，呈交主席，望對方網開一面。這
事在爸眼中是奇恥大辱，馬上聯同姐和姐夫勸他，叫他不要再
做，安心待在家裏享兒孫福。

可輪不情願，說是賺些錢幫補家計，那微薄的最低工資能
幫補甚麼呢？大家都為此氣餒。

有時清晨醒來，我發現輪深夜發了微信給我，或許是分享
網絡相傳的語文趣事文章，或許是對我作品的詳盡建議。我
知道他值更的時光是充實的，奔波勞碌了大半生，他終於能在
靜謐的夜裏找回自己，這是一段珍貴的，不被柴米油鹽、紛亂
的社會或尖銳的孩子叫聲所打擾的時光。向來沒有宗教信仰的
他，竟讀畢了整本《聖經》，在緩慢得近乎停滯的時光裏，尋覓
心靈的港灣。我頓時明白了甚麼似的。

光

光是個來自異國的人，獅城位於東南亞地區，長年暴曬使
他擁有一身黝黑的肌膚。他在新加坡水務署當合約技工，時
而駐守路邊監察水錶，時而遁入地底的糞渠，忍受惡臭完成工
作。這樣一幹就幹了三十餘年。

我認識光的日子，是公開試考畢仍未正式踏入大學的空檔

期。那時前路看似目標明確，其實我心裏暗自徬徨。我執着於心中的幽暗，上天便給我帶來一個真正活在幽暗裏的人。光每天起早貪黑，過着重複而乏味的生活，乍聽已教人氣餒。他卻勸勉我說：「心灰意冷的時候，到橋上看看夜色，你會發現儘管漆黑一片，兩排路燈如常為你綻放光芒。」

光是個鰥夫，小女兒的生辰正是妻子的死忌，當年妻子誕下女兒時發生意外，因失血過多致死，留下一子一女讓他獨力撫養。數十年來他身兼母職，養育兒女，每天活在光明與黑暗之間。獅城濕熱，工作後汗流浹背，加上這種厭惡性工種，下班後遍身都是難以驅散的沼氣，於是光頻頻洗澡，希望熱水能把工地那個髒兮兮的他沖洗，變回一個潔淨的父親，方敢回家洗米煮菜，為子女料理晚飯。

「同人唔同命，同遮唔同柄。」光對我說，我白了他一眼，認為自己的命運沒甚麼值得他羨慕的。雖說居住新加坡，他的粵語比港人說得要好，然而，他不諳英語，並視之為生命中最大的抱憾。據聞他的母親偏愛小弟，剝奪了他接受教育的機會。新加坡人不懂英語，猶如一尾沒有魚鰭的魚，沒法在池塘中暢泳。他僅能依賴馬來語，才能與社會較低的一層溝通。

光讓我明白到，學習不是必然的，雙親健在不是必然的，擁有一份不用櫛風沐雨的文職工作也不是必然的。生命並非永遠有選擇，我們城市人總是活得太挑剔和驕縱。我們並肩坐在

新加坡一座不知名的小山山頂，俯瞰夜色，這座城市讓我感到陌生，看着看着，卻又逐漸跟我城的璀璨交疊起來。光喜歡獨處，喜歡在灰暗的日子裏，偏執地前來這座半山，以高度抗衡心底的卑微。

夜幕昏沉，拔地而起的住宅，久不久就有格子點亮了燈。我想，每個格子都是一個耐人尋味的故事。身旁是個亭子，還有一支路燈，散發黯淡的光芒，映着光蒼老的側臉。儘管他烏黑的臉幾乎融進了漆黑，我仍看到他的眼睛浮泛水光。

我忽然覺得抱歉，他背負着遺憾走過大半輩子，而我的旅程才剛開始。

瑞

我按捺不住自己，再次思考緣分這回事。儘管我不知道緣分是否最貼切的詞語，但我總是訝異於人與人的相遇，並會因離別而耿耿於懷。人一輩子遇上的人看似很多，可是從整個宇宙的角度看來，那畢竟只是總人口比例的極少數。那麼，為何偏偏只有這些人能步進我們的生命和記憶之中？這股力量奧妙得叫我費解。

在眾多年長朋友中，瑞與我住得最近，也是最終走得最遠的人。我在觀塘，他在藍田，不過一站之隔。那時我貪圖藍田圖書館設施比瑞和街完善，於是經常前往，便結識了瑞。瑞不

是去圖書館打書釘的老頭，靜態的活動不適合他。他忙於接送孫兒上下課，閒時玩玩手機遊戲，到處蹓躂，行蹤飄忽不定。

　　瑞有種懾人的氣魄，説話大方堅定，好像他的生命不曾有過遲疑和迷茫，這是年逾花甲的男性罕有的自信。後來我們在茶餐廳落腳，他點了份公司三文治、熱奶茶，我試探地問他：你以前做邊行的？語畢頓覺唐突，我們好像還不算太熟絡。他低頭攪拌飲料，額頭微皺，道貌岸然得教我有點生怯。良久，他抬頭應道：「警長。」

　　縱使退下崗位，瑞的職業賦予他的優點沒有磨滅。他總能輕易洞察我的思想誤區。那天我受困於感情問題，哭喪着臉，撥了通電話給瑞。掛線後又暗自懊悔，我們只是素昧平生的忘年友，犯不着要他安慰我，各人有各人的難處，用不着打擾人家的生活規律。瑞趕到公園，那是我們相識以來最深入的一次交談，也是最後一次。黃昏的紅霞逐漸染上藍天，瑞面向耀眼的遠方，對我説：「你想得太多、陷得太深，誰到底不是孤身一人？人家有人家的難處，我贈你兩個字。」然後停頓。我轉過頭，等待他的答案。斜陽把他的臉烘托得背光，很黑，瑞堅定地吐出兩個音節：「抽離」。知易行難。但那時我想，有這麼個智者當我的知己，用餘暉引領我擺脫內心的漆黑，多好。

　　我是倔強的人，經不起人家的批評，然而在瑞面前，我往往輕易信服。他有智慧，比身邊任何年長的朋友都要活得清

醒。2020 年初，我打算相約瑞午膳，豈料新冠疫症忽然來襲，他回覆我說：「再看吧，一波未平一波又起。」農曆年後我撥不通他的電話，好久聯絡上他，才知道他匆忙移居英國了。移民計劃他早於茶餐廳閒聊時向我提及過，只是沒想到那麼快，更沒想到後來一切都以沒法掌控的速度發展，像英國的感染數字，像我與瑞徹底斷絕的聯繫。

我們變得像不曾存活於彼此生命的陌路人。

那天當他WhatsApp的頭像改成一張洋人的照片時，我錯愕地看着沒有回音的訊息，腦袋恍恍惚惚。我忽然無比懷念那抹斜陽下溫暖的剪影。最終，還是瑞以身作則教曉我抽離的意義。

從宇宙層面看來，人類是渺小的，那麼人與人之間的一切相識、牽絆與分離就顯得更微末了。縱然他們終在不同的車站，逐一下車，揮手遠去，大抵再沒有相見的可能，我仍樂意相信歌手陳慧嫻〈人生何處不相逢〉中的一句：「緣分隨風飄蕩，緣盡此生也守望」。不管友誼何等短暫和微不足道，這些人在我身上遺留的痕跡卻是切切實實的。我終不會忘記這些寶貴的課堂。

春草

「你多帶件衣服，那邊比香港冷，你可別太倔，給我披上！」外婆把她的深紫色棉絨大衣套在二姨的肩頭上。二姨身材高瘦，寬大的衣服披在身上，渾身上下都顯得有點空落落的，袖子飄飄蕩蕩，像個萎縮的婦人。

倘若是平時，她必然會躲閃，再回駁一句「神經病，穿成這樣我還有臉踏出這門嗎？」可如今她像個待嫁的新娘，文靜地任由母親將其擺佈、裝飾，一切言聽計從，因為明天她將遠去，成為慈母手中線下的遊子，展開她嶄新的路途。

現在是晚上八時半。明日天亮之前，二姨和姨丈需要把租住的空間歸還，登上機艙，遷往加拿大，唸書、工作和定居。定居以前，她至少需要完成兩年的文憑。這兩年期間，她決意暫不回港。

「屏幕彈出來電顯示，你便按鍵接聽……不，是綠色這個，紅色的話就會取消了……」姨丈手握平板電腦，外公架着眼鏡，手指笨拙地跟着比劃。大抵除了如何聽牌、判斷哪隻牌子已經絕章外，外公的腦袋容納不了更多技能。他只是搖了搖

頭，笑了笑。

「兩年很快就過，到時我們會定期回來。」二姨說，臉有點紅，眼睛隱隱盤着紅絲。他們這陣子忙於穿梭不同親友的家，將家具物資分發給有需要的人，疲於奔命，也擠不出時間睡覺。

「兩年，兩年也不知⋯⋯唉！甭說了，你們早點回去吧。順便把杯麵都拿去，明早作早餐。」外婆指着神枱旁擱着的兩個合味道，上前要去取，二姨忙阻止：「不要！我們沒時間吃東西。再說我們家現在也沒熱水。」外婆回望女兒，五官扭作一團，意思是你們怎能這樣糟踐自己吶？

要吃得飽，要穿得暖。外婆以對待小學生的口吻，向將近五十的女兒說。說時給二人每人一個紅包，區議員免費派發給公屋住戶的款式，事事順利。這已是她能給予的所有。話裏有點「意恐遲遲歸」的味道。他們移民一事，外婆曾經規勸過、嘮叨過、憂心過，大抵她明白，事到如今，只能予以守望和祝福。

二姨搬了大量物資給我，包括姨丈買後沒穿多次的簇新衣物，還有幾個牛皮公文袋。我握着白色小繩，逆時針鬆綁膠圈，拆開文件套，一張張泛黃的童年記憶爭相湧出：小學時期的畫作、中文課的隨筆，還有在 2001 年 5 月的月曆紙背面，或已結業的豪華大酒樓點心紙背面潦草成的塗鴉。

原來，這些年當我迅速向前奔跑的時候，二姨正在原地，默默撿拾我身後遺落的碎片，珍而重之地收藏着。

「現在物歸原主了。」二姨故作輕鬆地説，輕擦着雙掌，一副功成身退的樣子。我的鼻子有點酸，但不想落入濫情的套路。這些童年文物足足佔了三個文件套之多，其中夾着一本書，我抽出來看，是《斷捨離》。

我未曾閱讀此書，但我知道此書宣揚的簡約主義，喚醒了都市人反璞歸真的欲望。至少二姨信奉這套價值，不胡亂購物，不盲目堆積，不永久停駐，也不留痕跡。

我想，我也需要丟棄許多，例如不必要的情緒、別人的眼光和一些於己無益的念頭。我不會移民，但即使停留，我仍無法避免要捨棄舊物，騰出更多空間，收納明天，因為只要活着，日子就會像塵埃越積越多。

外婆把紫色棉絨大衣給了二姨，注定是要割捨它，讓二姨將這件並不美觀的衣服帶往加拿大，共度春秋寒暑。衣服尚能見識世面，她作為衣服的擁有人，卻畢生沒法做到。

外公有點淡淡的，一貫的漠然。他傍晚才從午睡醒來，晚飯後又急於面對離別，眼神渙散地注視電視熒幕，我看見一坨黏稠的眼垢快要滲出他的眼角。我知道時間在外公的眼裏，呈稀薄的流質狀。

二姨和姨丈沒有生兒育女，時間是他們最大的資本。他

們總是悠然自得，家庭聚會永遠是最遲到來、最遲離去的一批人，不像我們，永遠督促自己前行，無時無刻都在追逐的輪迴。

說起時間，二姨想起了時差，連忙向兩老解釋，加拿大時間比香港慢，約相距十五小時。經過運算，他們在那頭吃過晚飯，大概就是外公外婆「翌日」吃完早飯的時候，似乎這空檔最適合通電。外公指着耳朵說：「我聾，聽不到鈴聲。預先約好時間，我有了心理準備，就會把手機擱在茶几上，等待響起。」

外公對待兒女，向來談不上好，以前對待媽媽和二姨甚至說得上寡情。她們是長女和次女，在大陸出生時，外公不在外婆身邊，沒有見證這份生的喜悅。況且二姨性子烈，與他吵起來不可開交。據聞早兩天，二姨把自家摺桌帶來，強行抬走滿佈油垢的舊桌時，就又翻起了少許波瀾。

但我知道，父女二人再不如十多年前般性情剛烈。他們的火逐漸被歲月澆滅了。剛才我協助二姨提取重物，抵達老家的樓層時，隨即就聽到鐵閘拉開的聲音。外公自知耳聾，門鈴無補於事，當得知有人前來，便開啓電視，預早觀看大廈升降機的監控鏡頭，辨別熟悉的輪廓。看得饒有興味的。

為了能聽見，家裏電視機聲量一般調得很大，但閉路電視沒有聲音。我知道外公習慣了在寂靜裏等待。

「好了，我們得回去了。」

今夜二姨再不能逗留太晚，時間終究催促着她。從樂華邨返回米埔，仍須繼續執拾午夜啓程的行囊，他們今晚是不能睡了。

我跟他們一同離開老家，我高興自己成為他們遷往異國前，陪伴他們最後一段路的親人。

小巴沿康寧道駛落，從屋邨返回觀塘，凱匯的豪華裝潢把光芒照在我和二姨的側臉。「你兩年後回來，不知又是甚麼光景。」我喃喃說，這些年我們好像急速前進，又好像一直停滯。二姨眺望窗外拔地而起的豪庭，「其實現在疫情嚴重，一眨眼數月不見也是等閒。與其屈在這裏，不如趁此外出。」我想她的話是對的，畢竟時間不等人。

下車時有點混亂，車上的人仍未全部下車，等車的人已急於逼上前。我和二姨、姨丈朝不同方向行走，我們之間很快便插滿上上落落的乘客。我們隔着上車的隊伍，揮手，喊了句保重，便彼此背向前行，他們的身影很快就沒入夜色之中。

這不過是三月一個尋常的星期二，人們照常上班下班，臉上是行色匆匆的模樣。龐大的機器體裏，到底有多少個小零件，與我們一樣，承受着脈搏的跳動？

以前在升降機大堂，我會扯着二姨的衣尾，哭鬧着，好讓她不要離去，繼續陪我繪畫、搓黏土。可如今我再不是小孩子

了，再不能以哭哭啼啼的方式面對離別。我抄小路，步經凱匯的花園平台回家時，看到燈下的小草，受到幾天綿綿春雨的滋養，長得很茂密了。我想起李煜的一句詞：「離恨恰如春草，更行更遠還生。」

第三輯

季節

邂逅

　　那天在周末的商場裏，我從人潮中瞥見熟人的影子。他朝我的方向迎面而來，我本能想拐個彎，掏出手機當道具，另一隻手深深插進褲袋，低頭疾走前行，臉上還該掛上一個凝重的、匆忙的神色，以風塵僕僕的姿態掠過他的眼角。沒想到他會伸出手來，輕拍我的肩膀。

　　路上遇故人，我先要在心底衡量是否有相認的必要。有些老關係，安妥存放在過去便不想觸碰，又或者留待一個適當的時機撿起更好。有些時候，相認需要鼓起一種類似衝出馬路的勇氣，安分守己的人大概沒有必要犯這個險。雖說大家走的路一樣，我們事實上正背道而馳。有好幾次，我乘搭扶手電梯徐徐下降時，一兩張熟悉的臉自旁邊的電梯攀升。我垂下腦袋，裏面藏着彼此青澀的回憶，然後我們的肩膀隔着銀色的斜坡漠然擦過。其實光明磊落，可是心底又懷着淡淡的糾結和驚懼。這種感覺，在每次越過書店或圖書館入口那幾塊防盜屏時都會纏繞我，我怕它們會無端響起警號，劃破別人寧靜的閱讀空間。機械把我們的距離拉近又扯遠，彼此落在對方的背項，如

巴士窗外不斷往後移的風景。

我剎停了腳步，轉身回望他和他的朋友。我們寒暄了一番，喧鬧的商場大概不是敍舊的好地方，他的朋友在不遠處等待，我身後也站着家人。畢業以後大家再沒有碰過面，就像許多其他人一樣，他彷彿是舞台上固定的佈景，只適合在那個輪廓有點模糊卻帶着朦朧美的校園出現。他的表弟兩年前是我的補習學生，現在他成了我們對話裏僅有的橋樑。我盯着他有點疏離的面容，努力挖出那些上數學課時一起用圓規在筆記簿上無聊打圈的歲月，橢圓形的商場，人們也好像在打圈，即使是晚上，人潮仍然川流不斷。

兩目相投太久容易產生尷尬的感覺，於是我學會說話時，眺望對方耳朵後的位置。由於邂逅時轉了身，我看見的，是那條剛才進入商場時走過的廊道。我詫異自己原來已經走了那麼長的一段路，絡繹不絕的人流彷彿催促着時間。我想是時候道別了，大家便揮了揮手，迅速返回自己的軌道。家人不忘問我他是誰，我回答說是中學同學，同時老實地補充我們不算太熟。

要接觸過去，邂逅故人是個好方法。那刻我感覺自己像一架回力車，稍為後退了兩步，儲足了能量，拉緊了發條，便往更遠的地方全速前進。感激他讓我有回眸的機會。

我喜歡在大部分店鋪未開業，光線仍然昏暗的上午，倚站

在這個商場的二樓，手肘擱在欄杆冰涼的扶手俯視大堂。新年
伊始，那幾棵高達二樓的聖誕樹不知何時已經換成紅彤彤的台
階。我知道，那上面將會放上幾盆粉艷的桃花，或幾盆鮮橘色
的反着油光的桔子。藉着透明天花滲透下來的日光，橢圓形的
大堂竟有點像個魚池，裏面浸泡着十多個年輕人，他們在其中
踱步徘徊，西裝脅下夾着顏色統一的文件套，裏面都是一些名
字艱澀的新樓盤的資訊。早上的商場只有寥落的路人，每當碰
上一個，年輕人的臂彎便懸掛在半空晃動，像漁夫撒網，竟試
圖想撈起游過的魚。

　　一位年長的朋友告訴我，活到一定年紀，發覺再也沒法突
破自己，讓他有點力不從心的感覺。其實我想告訴他，即使年
輕如我，在商場二樓獨自俯望下方的時候，我多盼望有人來拍
我的肩膀，讓那些失落的歲月變得清晰。我再沒法記得商場樓
下更換了多少次佈景，只知道今年的夏天，一個瘋婦在樓上四
樓攀過欄杆一躍而下，就倒臥在那幾個正在兜售樓盤的年輕人
的位置。她是墮樓身亡的，我卻幻想她溺死在池塘裏。自此
每當我在二樓憑欄眺望，我都會因想起這事情而感受到一股強
大的力量，像一部威力強勁的特大吸塵機，要把我拉扯下去，
這時商場沉澱着死寂，大概我的消失也無人知曉。冰涼的扶手
突然傳來陣陣顫動，我知道震動的源頭是對面那個穿得單薄的
老伯，他正在用自己留得長長的尾指指甲敲打扶手，發出均勻

的金屬碰響。我挪開無力的手肘，再不敢依附那些脆弱的玻璃欄。

　　後來我經過商場四樓，走過瘋婦墮樓的位置，旁邊是一所賣球鞋的店，門外的落地廣告顯示着一位年輕跨欄手穿上球鞋騰空躍起的畫面。那個瘋婦似乎是死於模仿的。我怯於想像更多，只懂在樓下大堂穿插時，匿身碎步走過有瓦頂的地方，不敢暴露在橢圓形的日光下。看見商場裏有人靠着玻璃欄前傾着身，雙手把電話伸出欄外按着的時候，我也不免會從心底打個寒噤。

　　我想起那天道別的時候，我爽朗而且簡潔地説了句電聯，好像一通電話真能把彼此逝去的青春從線路的另一端扯回來，可是誰真會撥這一通電話？我沒有告訴他，更換手機是我最討厭的事情，由於不善使用雲端輸送平台，在重新輸入聯絡人資料時，我把屬於他的八個數字刻意遺留在那部遲緩的舊手機裏，靜靜放在桌面的一角封塵，等待被遺忘。

　　那時候我大概在想，八個數字並不足以代表甚麼。身邊不乏有頻頻更換電話卡的人，為了逃避特定的人和事，割捨不想延續的關係。當話筒另一端，一把女音傳出「對唔住，你所打嘅電話號碼未有用戶登記」的話時，我們便該知道，繩索斷了，一段脆弱的關係就此遺失在茫茫大海之中，像一個錢幣掉落彌敦道擠擁的大街上。我把他遺留於過去，他現在來輕拍我

的肩膀，而我們誰也不認識未來。

在商場二樓靜靜觀望大堂的時候，我多渴望能夠與未來對話。有時執起一枝筆，我會把煩惱寫給未來的自己，可無論寫了多少封，我終究未曾讀過從前的我寄給現在的我的信。偶爾旅遊，在酒店浴屏裏淋漓的水聲敲響下，我會想像甚麼模樣的陌生人用過同一樣的設施，赤身站在同一個位置。鏡子上攀滿了朦朧的水蒸氣，我徒手在上方畫了個笑臉，這畫下的兩點和一條弧線，我從裏面隱約看見一個全身袒露的自己。我盼望這個粗疏的笑臉能透過下次的薰蒸再次浮現，讓未知的住客看到。這大概是我唯一能遺留在這裏，而酒店清潔工不輕易掃去的痕跡。

踏入圖書館，我慶幸自己沒有驚動防盜屏。走過一列又一列的書籍，我嘗試從中尋找屬於自己的一本。未來的我即使化身成一本書，還得繼續緊靠別人的肩頭來站立，我希望那不是一本圖書館典型的硬皮書，讓讀者難以長時間握在手裏閱讀。我看上一本文學獎得獎文集。有別於金庸和亦舒那些捲曲的、搖搖剝落的書脊，這書潔白如新，甚至可能因太久沒有被動用過，書的封面黏附着左右兩本文集一同掉落地上。我始終劃破了別人寧靜的閱讀空間。

沒想到透過書架上的空隙，我竟會瞥見熟識的你。你的臉上仍然是一副認真專注的神態，神聖而不可侵犯。你仰着頭，

彷彿在尋找甚麼。我連忙俯身，撿起地上的三本書，充塞了空
隙，便急步朝更遠的地方走去。

＊ 本文獲第二屆恒大中文文學獎大專組亞軍。

門

　　礙於家庭關係，我並不習慣把自己的房門關上，儘管許多時候，我渴望它能把我與門外的世界隔絕起來。上鎖，然後找一種類似棉花的物料把四條門縫堵塞，抵擋外來的光和對流的風，讓世界恢復徹底的沉寂。這種想法是在那一次參觀朋友的樂隊錄音房間後產生的。除了那四堵用網狀凝固的黑色海綿的牆，還有兩道厚厚的門作為雙層阻隔。我喜歡唱歌卻不諳音樂，那刻站在徹底隔音的空間裏，我竟萌生起一種放膽高歌的欲望。

　　小學時期，當身邊的同學收看過叮噹，在小息時紛紛討論自己夢寐以求的法寶是記憶麵包或時光機時，我做着作業的手其實正在習作本上繪畫想像中的那道隨意門，只是我的隨意門與他們所了解的不一樣。我並不特別渴望擁有那件能迅速抵達目的地的法寶，旅途的過程和車窗外消逝的風景是我所享受的。我的隨意門能夠容許我隨時隨地消失於人前，把我從身陷的困境抽離，悄然逃避身邊的人和他們臉上的目光。

　　於是，門在敏感的人如我的生命裏，顯得尤其重要。

　　那次往內地旅遊，從顛簸的長途車下來，前往中途油站的洗手間如廁。女廁門外如常有長長的隊列，男廁的情況也不遑多讓。抽煙的抽煙，吐痰的吐痰。濕滑的地磚浸泡在一攤被煙灰和鞋印染黑的髒水裏。尿槽前站着一列擠逼的背影，那幾個男人肩膀黏着肩膀的排尿，彼此之間沒有尿兜那樣的擋板阻隔視線。我害怕面對這種開放式尿槽，除了對人與人過於親密的距離感到不安，眼下海納百川的一潭流動的液體更教我感到噁心。那些不知從誰身上而來的褐黃尿液，順着水流混入自己的體液然後在另一個陌生人的眼下稀釋，這樣的景象使我直接加入廁格的隊伍。

　　然後我竟發現廁格沒有門。連一塊簡陋的擋板也欠奉，而且裏面全都是蹲廁。我前往最內的一個閒置的廁格時，眼角不經意瞄到其他用家蹲着排便的情況。有的大大咧咧沒有遮掩，有的揚手掀開一張大報紙擋去了臉。我走上兩級濕漉漉的梯階，由於身形較高，視線很容易便越過了廁格之間矮矮的磚牆，落在旁邊蹲着排洩的鄰舍身上。於是我往後落一級樓梯，俯下腰肢竭力把自己變得矮小。幸虧我只是小解，過程中只背對大開的中門，事後能夠帶着輕盈的腳步離開這個沒有門的地方，不必在這裏放下沉重的排洩物和更沉重的尊嚴。

　　當然這是個別的例子，絕大部分廁格還是設置了私隱度充足的門。好些商場的廁格設有射燈，讓人如廁時有備受注目的

感覺。我對此感到不適。門後的世界本應只屬於我一人，那固定的板塊本應為我抵擋所有外界的目光。在這個封閉的空間裏，我不必與人分享，不需顧慮別人對我的看法。可是射燈下，我盯着空氣中那些飄浮散渙的、好像永遠不會平息的懸浮粒子，覺得鼻子癢癢，然後冷不防打了一個噴嚏。這時才發現，縱使廁格有門，可是藉着地上的積水和充足的光，我還是能隱約透過影子看到鄰旁用家如廁時的動靜。這種偶然的互相監視叫我驚懼，大腿暴露於冷空氣，冷不防冒起了疙瘩。

　　因此我很不容易才能找到一道密封的門，一個絕對隱私的廁格。在柔和昏暗的燈光裏，我更願意在這個空間裏多待一會兒，在我需要重新開啓這道門面對一位陌生的清潔工之前。任憑商場的音樂在洗手間蕩漾，我依舊能戴上耳機，聆聽自己喜歡的優美的旋律，有時甚至會不自覺輕輕哼着歌詞。我其實喜歡唱歌，趁着家裏無人，偶爾會開啓手機裏的應用程式高歌一曲。可是這是個不允許私人空間的城市，放腔歌唱的欲望在繁忙的日程表下壓抑然後徹底消失，習慣使用麥克風教學的嗓子長期處於乾痛的狀態，似乎也再經不起高歌的試煉。因此我只能學會輕輕哼出旋律，在一雙雙求知若渴的眼睛的缺席下，學習把緊張的喉嚨放鬆。

　　可是廁格的門終究不值得依賴，它要麼擋板太低，我只好透過視察門板下一雙雙走過的鞋子去估計那些陌生人的年齡、

身分和職業，作為唯一的娛樂；要麼是它的門鎖過於鬆動，膠塞搖搖下垂，如廁時必須提心吊膽，慎防一個孔武有力的漢子會把門輕易推開。於是我選擇了沉重的防煙門，讓後樓梯或貨運升降機的靜謐把我填塞。我討厭落淚於人前，在澎湃的難以壓抑的情緒面前，我只好慌張尋找綠色的「逃生出口」的燈箱，讓防煙門厚實的身軀把門外的烽煙遮擋，好使他們眼睛裏那熾熱的火焰不在我身上繼續蔓延。後樓梯的空氣很鬱悶，沒有空調更沒有風，只有昏暗的光或一根佈滿塵垢的光管。我抽泣的聲音很容易便在這個荒蕪的、無人的空間裏迴盪。儘管如此，在這個空間裏我是安全的。對於偶爾一兩個在門外探頭探腦的身影，以及因巡樓需要而在我身旁掠過的一雙皮鞋，我只消掩起頭，把面容收藏，便能繼續獨享這個隔絕的空間。只有一門之隔的地方有着喧鬧的人潮、歡樂的笑語，他們的聲音在防煙門的阻擋下顯得那麼遙遠，彷彿那是從記憶裏蕩起的餘音。

可幸的是，那一兩個路人，當他們察覺到防煙門後有着一個萎縮的人影時，並沒有把這道門緩慢地推開，沒有把我垂下的臉強行抬起，把我辨認出來。這看似出於成年人的世故，事實上，他們都深深明白到，防煙門過於沉重，門後凝滯的空氣和情緒更沉重得足以使他們感到窒息。

我也害怕窒息的感覺，佯裝孤獨，卻又怕沒有人適時來敲門。因此在成長路途中，我逐漸學會擺脫窒息的情緒，避免自

己成為一個在防煙門後腐朽的人。

　　我關上房門，把床邊的窗子敞開，鳥兒的叫聲瞬間填滿一室，我探了探頭，放寬鼻腔吸一口清新的空氣，然後握起話筒，與可以信賴的友人說着一些隱私的話。電話說久了，我感到掌心微微發着燙，浮躁不安的情緒帶着溫度漫過我遍身的神經。我很熱，開大了窗子但房間仍然悶熱。我向友人抱怨，一邊執着襯衣的領口搧動。你把門打開，空氣才能對流嘛。友人說，藉着話筒我能聽到他身處的環境有點嘈雜，大概正在鬧市中的大街上走着。我望着自己緊緊關上的房門，嘗試把它拉開一條縫，通風。沒想到風竟大得把整道門直接推開，我能聽到門後的球狀體碰上門吸而發出的磁鐵聲響。咔嚓一聲，門固定了。

　　難怪身邊總有一些朋友，喜歡永遠把門固定在開啟的狀態。對於沒有門吸的門，他們會使用紅色的膠質門塞，夾在門縫底，把它維持在一個特定的角度。從前住在公共屋邨時，門需要經人手開合。門的腰部位置還有一條狹小的縫，幾乎每天下午都會有信件從那道縫中掉下來。從那裏竄進來的還有風，還有鄰家孩子好奇的眼眸。後來風越來越猛，於是家裏的門改裝成油壓的那種，頑固的門遇上多大的風也會自動關上，把鐵閘外那些探問的目光一一擋開。這本來是個教人安心的設計，可是長輩們喜歡通風的環境，儘管家裏有露台，他們還是堅持

要把門打開。膠質門塞沒法抵擋它的力度，於是他們把一個生
鏽的啞鈴挪動到門邊，鐵閘上薄薄的布簾用作遮擋，卻經年遇
風而掀起、飄揚。那時家門正好對着防煙門，經常會在收看電
視的過程中，聽到防煙門被推開然後緩慢合上的聲音。有時隔
着鐵閘窺看，會看見一個熟識的管理員，可是在他回望我們家
的一瞬，我又往後移動，躲在他視線不能看到的角落。

　　因此我向來不喜歡使用布簾這種脆弱的遮擋物。它沒有
門穩重的特質，彷彿少女的裙襬遇上風便會輕易走光，使用起
來教我感到惴惴不安。這心態為我形成了一種既定的生活模
式，例如我拒絕在運動場的更衣室洗澡，不喜歡在購買衣服前
試身。這些習慣叫我看到自己身體某一處的那扇大門始終密封
着，沒有露出一絲夾縫容許光滲進裏面。好幾次在家人的催逼
下，我走進服裝店的更衣室試穿新衣。那更衣室為着方便沒有
設門，只有一匹厚厚的着地的布，更衣時只能把布帶上，用上
方寬鬆的小繩圈扣着一根小棒子。我脫下身上原有的衣物，在
落地試身鏡前看見自己瘦伶伶的骨架，上身的皮膚袒露在商店
微冷的空氣中。鏡子倒映着身後微晃的布，我隱約能看見人影
在上方移動，繼而憑着他們的聲音，訝異這些陌生人竟離我那
麼近。他們手肘的一下碰撞可能已足以使繩圈鬆脫，把我脆
弱無助的面孔掀開，在我尚未掛上一副能夠展示人前的皮囊以
前。

　　逐漸我討厭購買新衣，衣服只有穿久了才能真正感到舒適，故此我只有寥寥幾副皮囊，垂掛在房門後等待替換。當中有好幾條褲子甚至已經穿了破洞，可是我沒有丟棄的打算。相比褲子上的洞，我更在意生活裏大大小小的門是否有漏洞。這也包括防盜眼，那顆因保安需要而鑲嵌的魚眼鏡片。設計是供門內者窺看門外者的，可是它終究是門上的一個破洞，近年新興的「反貓眼」技術，使我沒法保證門外者不會藉着防盜眼查探門內私隱的空間。門該是穩重的，它不必完美無瑕，可是它應當擁有一顆封閉的心靈。

　　我關上房門，上鎖，然後戴上耳機，開啓應用程式打算高歌一曲。熟悉的前奏響起時，我依稀聽見一把鑰匙插入門鎖，微微旋動。

色差

　　年幼時喜歡與狗隻玩耍，這樣的互動不需用言語交流，也省得要像逗成年人玩耍時費盡唇舌哄哄騙騙。我知道狗隻是坦白而忠誠的，在一番奔跑和追逐遊戲過後，疲憊襲上了我。為了敷衍眼下那隻吐舌散熱的狗，我隨手掏出兩包紙手帕，一包是橙色包裝的，另一包是深海藍色的，放在狗的面前，讓牠選擇。

　　本以為狗會把肉球按壓在其中一包紙手帕，豈料牠把舌頭收回嘴裏後，只愣愣的望向我，頭微微一旋，表示疑惑。

　　那時我一廂情願地想，狗大抵不喜歡這兩種顏色，寧可放棄二者也不選擇其一。狗這種對顏色的偏執叫那時的我非常沒趣。然而我卻沒有想到，其實我與狗一樣，只選擇喜歡的顏色，那麼決斷與固執。

　　這種固執是年幼的孩子所擁有的。遙想小學時期的美勞課，我手握油粉彩，在一個用鉛筆繪畫成的蘋果圖案上，使勁塗上鮮艷的紅。油粉彩的線條較其他顏色筆來得粗糙，但我不容那片蘋果的框線範圍內有任何漏白的縫隙，不斷塗不斷塗，

也顧不了它的骯髒，出界了便試着用白色的一枝來掩飾。老師總是對這樣的作品給予嘉許，好幾次還貼了堂，彷彿年幼的學童需要的正是這股罔顧現實色彩的蠻勁。

隨着成長，我們逐漸學會混色，逐漸了解到世界萬物沒有絕對的黑和白、紅與綠。我們學會利用對比色來深化兩者的矛盾，又學會以和諧色建立融洽的畫面。我握着一枝素描筆，那不過是烏黑的顏色，卻按照筆桿上H和B兩種字眼來標示顏色的深度和筆的硬度。繪畫過程中，我彷彿總是沉浸在深層的思考，思考光源的位置和陰影的大小，然後適當地留白，讓圖畫保留喘息的空間。

近年工作繁忙，除了偶爾為文學作品繪畫插圖，繪畫——特別是需要用水和顏料的那種——已成了遙遠的奢侈品。可是我仍然懷念，並且享受混色的感覺，眼見畫筆的鬃毛攪拌着多種色彩，鮮艷的紅混入絕對的白，形成紅白相間的漩渦，然後逐漸混成叫人感到柔軟舒適的嫩粉紅色。這個過程已足以讓我感到稱心滿意，圖畫的效果頓時變得次要。兩種截然不同的色彩，竟能融為一體，並以祥和的姿態在畫板上風乾，留下一些痕跡，與書桌旁邊幾張親友的合照相映成趣。這大概是一份兒童沒法感受的愉悅。

如今教授童詩創作班，學童接到分發的蠟筆盒子後，連忙把一盒八枝裝的顏色筆倒出來。偶有一兩枝顏色筆斷了，便揚

手向我更換。最初我仍樂於更換，反正我有後備蠟筆，足以應付他們的需要。可後來我對此感到厭倦，便要他們自行解決問題：與同學分享或借用、放棄使用該顏色等，他們終究要為自己的疑難尋找答案，學會接受世間的不完美，不能總是一輩子揚手，嚷着自己需要的顏色。

「吳老師，無肉色點畫人呀？」我經過他的座位，指指桌上的橙色蠟筆。他向我投以疑惑的目光。

盒子裏的蠟筆之所以折斷，大概是有小童像年幼的我一樣，過分用力塗色，以為那種單調、決絕和深刻的色彩能夠獲得老師的青睞。卻未曾想過，他們的畫作只會令自己墊手的位置，以及疊在上方的同學作品遭殃。

寫評語的時候，相比寫作技巧和詩歌內容，其實我更渴望他們能學會使用淺一點的顏色，並學會欣賞留白的美。

直至許多年後，我才聽聞有關狗是色盲的說法。牠扭動頭顱的樣子浮現我腦海，大概缺乏色彩的生命是如此單調而教人困惑。

然後我又聽說夢境是沒有顏色的。

可是我依稀記得，一個夢中，自己在一片綠茵樹林裏迷路，可是心裏竟不帶半點驚懼，因為眼下正綻放着一朵朵顏色各異的鮮花。

床褥

　　下班後我如常困倦地按密碼、步入大堂，視野有點散渙，迷迷糊糊中看到昏暗的電梯大堂倚立着一塊床褥。電梯大堂的牆由灰黑色碎石紋瓷磚拼湊而成，相比之下床褥顯得雪白無瑕、無比簇新。床褥看來很厚重，大概需要動員兩個大漢方能把它挪移，被暫時擱置於此，大抵也是難以運輸的緣故吧。等待升降機的期間，我背向這面打豎的床褥，低頭滑手機，與身後默然無語的它形同陌路。

　　直至左右兩扇銀亮的門牢牢合上了，我方憶起父母早前說過要替我換新床褥，說舊的這張過於沉重，不便移動，況且它是親戚搬屋時轉讓給我們的，故此尺碼與我的床並不匹配。床褥是雙人床尺碼，即使我的床不算小，卻總是露出凌空的一截，半夜偶爾糊里糊塗，翻身側睡，轉到這截邊緣地帶，往往有股下墜之感，唯恐要滾落床。

　　縱使它殘舊了，亦顯得過於龐大而沉重，這張床褥卻陪伴我度過了好多個春夏秋冬。我每晚都如此鬆懈地，橫躺在它寬大的懷中，摒棄雜念，在柔軟的承托和信賴中陷入昏睡。彷彿

世間上，它是那僅有的，讓我樂意卸下武裝託付己身的對象。多少個晚上的訴求，多少個未了的願望，多少種點滴的情緒，它都默默吸納，儲存在自己柔韌的軀體裏，內化成記憶。我們是多麼的親密。

這年代，記憶與床褥，兩件風馬牛不相及的事物已經扣上關連，廣告宣稱床褥採用了記憶棉，能藉着每夜的擁抱和託付，調度出合適的弧度，度身訂造模塑出專屬用家的輪廓。床褥以海馬作為商品標誌，海馬背脊的弧線使我聯想到一個擁有曼妙身段、玲瓏浮凸的女子，無論輪廓如何，床褥也能牢記他的軀體形狀，使用家得到舒適的承托。

那麼，它身上該早已烙上我的印記吧。它藉着每晚的親密廝磨，牢記了我的形狀，成為了與我不能分離的生命體。然而，這段親密的依附關係，在兩扇升降機門閉上的一刹那，戛然終止了。床褥罕有地以一絲不掛的姿態凝視我，彷彿等待我的回眸和救贖。我卻只顧垂頭，將其遺忘身後。升降機的通風口吹落冷風，後腦勺子微微透着涼意，我忽然想起，數天前剛理了髮，難怪如此舒爽，舒爽得生命好像再無牽掛。

我忽然感到愧疚，為着我把情緒長久卸放在它的身上。它不善表達也不懂抗拒，總是默默忍受我粗暴的言辭。我甚至開始質疑，它沉重的身子是否由於吸納過多的情緒而造成的？像一塊輕盈的海綿，它誕生之時該是綿軟和富有韌性的，我卻不

斷為它注入淚水，忽略它的承受力有限。如此日積月累，它逐漸硬化成一面木然沉默的牆，縱使仍能依靠，卻再不如往昔般富彈性，再不如往昔般，對我展開由衷的笑顏。

這個比喻興許不太好，一段健康的關係從不在於甲方仰賴乙方，或乙方仰賴甲方，而是雙方各取所需，互惠互利。白天我把床褥冷落在寂寥的睡房，讓它獨看陽光在身上的流動，身軀烘暖後又冷卻，晚上倦意襲來，我才投進它的懷抱，呼之則來，揮之則去，對它似乎太不公平。我只懂索取，未曾思考我能為床褥付出點甚麼。

大概它能獲得的，僅是一種優越感。

那天我與兩歲的外甥兒外出。由於已經擺脫了嬰兒車，他必須着地行走，像隻渴望變成天鵝的鴨子般，邁着小腳，追趕成人的腳步。他的個子小，腿又短，在周日熱鬧的街道行走頗為艱辛。我扶着他節瓜般的小手，為遷就他的高度必須彎着腰走路，也走得很吃力。後來恰好下雨，雨粉淅瀝紛飛，如微冷的雪霜降在我們的髮梢上。我看前方交通燈繁多，道路縱橫交錯，索性兜起他的腋窩，把他摟在胸前。外甥兒是個好動、敏感又帶點倔強的孩子，平常不太與人親近，要他貼貼服服可謂不容易。我一手握着傘柄，一手狼狼地托着他的屁股，雨水隨傾斜不穩的傘面瀉下，外甥兒竟安靜摟着我的頸項，臉蛋兒向我靠攏，沒有掙扎，沒有抗拒，像隻緩慢的樹獺，賴在我的

胸前。

雨水冰涼，我卻感到一陣無以名狀的窩心，一種只有保護者才能徹底感受到的、被依賴的安穩。我猶如一棵樹，讓兩歲的他攀爬其上；我也像一塊床褥，讓兩歲的他依偎上方。等待路燈閃現綠光時，他持續在我耳邊喃喃低語，問這問那，惡劣天氣未有打擊他求知的欲望：點解路燈有紅色有綠色、點解會落雨、點解要擔遮……無暇回應的提問，此刻再不覺吵耳，反而在雨聲的映襯下，顯得像首搖籃曲，直叫人陷進溫暖的夢鄉。

狼狽避雨的他並非因為無知才持續發問，而是因為他知道，把身體交託舅舅和雨傘是安全的，如我們信賴綿軟的床褥，因此得以安睡。

冬夜入睡前，我竭力把軀體放鬆，盡量使冰涼的下肢恢復暖意。閉目，然後想像身體微微下陷。要進入睡眠，意識必先向下沉沒。我雙手合十，以不虔誠的教徒身分禱告。點解偏是我碰上如此不幸、點解我的努力得不到相等的回報、點解……我感覺自己像兩歲的外甥兒，賴在天父的胸前，提出相近的疑問。同樣是「點解」，二十多年的生活經驗，讓我提問時語調比僅有兩歲的外甥兒稍稍多了幾分不甘和寂寞。我沒有奉獻，甚少出席教會聚會，也未細讀《聖經》的箴言與經文。但我仍渴望仰賴救主，祂的存在不必屬實，不必為我的煩惱度身訂造。

只要祂容許我在抵達明天以前，放下今天的憂慮，便已足夠。

倘若明天醒來，精神煥然一新，我會把它歸功於床褥。床褥聆聽了我的聲音，是它吸納了我的精神毒素。

我讓外甥兒躍進我的懷裏，其後我躍上床釋放疲勞。我從床上站起來，如我把外甥兒放回陸地，使他不會喪失行走的本能。原來，我們每天穿梭於依賴和被依賴的循環，在吐露與吸納中成長。倘若倚靠過久，我們容易厭惡自身的脆弱；倘若撐持過久，我們容易疏忽自己而招致內耗。

願各位倦怠時，不忘家中仍有一張床褥讓你託付，這畝寬廣的土地樂意為你承托未了的願望。

近鄰

　　甫踏進公園，我便見他有點光禿的頭顱，正繞着滾軸溜冰場的內圈徐徐行走。因疫情關係，這一橢圓形的場地就像那些供孩子嬉戲的滑梯一樣，被紅白色索帶包圍，攔截途人內進。可是，循着滾軸溜冰場而建的欄杆很疏落，只消稍稍弓身，還是能輕易踏進去。我想像天亮之前，世界依然凝止在黑暗與光明交接的瞬間，他如常來到公園，彎下不再年輕的腰肢，邁進這片偌大的禁地，開始他的晨操。

　　這時晨光已把公園映得燦亮，每位晨運老者的視野應該變得漸次清晰了。他們尋找到相熟的友伴，彼此招手，然後一同行走。我認為自己並不屬於這個地方，這個以老年人口眾多見稱的社區，可我還是挑了樹蔭下的一張長椅，掏出消毒濕紙巾，拭去椅面上的碎葉，幾根木條沾水後呈現深刻的褐。我有點遲疑地坐下，任由婆娑樹影投到臉上，形成大大小小浮動的光暈。

　　面前是半荒廢的滾軸溜冰場，我和他現在只相隔很短的距離，一如我們居住的空間。他依舊沿內圈行走，限聚令的實施

好像不曾阻撓他行走的步伐，雙臂有規律地前後晃擺，彷彿疾病與煩愁都能藉着這樣的節拍掃走。他臉上帶着笑意，嘴角上揚，脖子上蒼老的皺褶似乎撫平了幾分。他總是以這種祥和的姿態踏出他的露台，捧起一盆復一盆的植物，抵胸腔的位置，棕色的花盆在掌中緩緩旋動，仔細端詳。我喜歡坐在窗前寫作，困惑時十指挪開鍵盤，從窗子眺望毗鄰單位的露台，觀賞他觀賞盆栽的樣子，那是平靜而美好的。偶爾我們雙目交疊，也只是點頭、微笑，有時我懶得應對，便急急把目光移開，然後悄悄把電腦搬往他沒法捕捉的角落。

我是如何明確洞悉他的笑意呢？這才發現，他的臉一直袒露着，沒有被淺藍的一片天空遮擋。他把口罩扣在手肘位置，隨着搖擺的前肢，口罩隆起又舒張，像微微翕動的魚鰓，透露呼吸的頻率。我想起兩天前戴着口罩原地跑的可怕經歷，缺氧的恐慌感沿僵直的脊骨溯流而上，竄進水氣瀰漫的封鎖的內心，使得我儘管暴露於明媚的日光下，仍像被困在無邊的藩籬。

雖然疫情持續數月，偶爾家人匆忙外出時仍會忘記戴口罩。奇怪的是，同行的我總沒法察覺他們的異樣，直至路過的陌生人投來驚詫或鄙夷的眼光，或在升降機裏對我們退避三舍，才戳穿了盲點。原來我們會因為熟悉而陷入朦朧的領域。我不禁驚訝，作為關係不算緊密的鄰里，他的面容原來佔據着

我生活中習以為常的部分。

這兩天我再不敢進行劇烈的運動，但早上前來家附近的公園鍛煉還是必須的，好像只有如此，我才能勉強拾取生活的規律，並在持久的鈍痛和呼喘之中，嘗試忘卻那些饒富意義而被迫取消的儀式、那些悄然無聲從我生命遠去的名字。我不能仿效，甚或想像那些徹底居家避疫的友人，匿藏小小的窩裏顛倒白天和黑夜，像冬眠的蛇，任由理想和計劃僵凍、結霜，然後囤積，如廚房冰櫃裏因恐慌而大量儲藏的冰鮮食品。我的身體久未鍛煉，運動時迫切需要暢順的呼吸，於是我把口罩拉往下巴，頸項便有束縛的感覺。我把修長的腿擱上不足腰際高度的花圍時，小腿後側迅即傳來緊繃的張力。我的腿不能壓得更低的時候，他忽然上前，尚算矯健的屬於退休者的身影拖在地上，模糊了年齡的界線。我們雙目交疊，像往常般點頭微笑，只是如今，我倆中間沒有堵着一面牆和一扇緊閉的窗。

長椅被兩條扶手均勻切割成三個座位。他挑了其中一個外側的位置坐下，我看見他額角的汗珠在光與影之間浮泛，影影綽綽的。我把口罩重新拉上，大抵是沾上了脖子上的汗，鼻樑鐵線屈折的位置有點濡濕綿軟的感覺。他似乎意會到甚麼，伸直手臂，從手肘慢慢退出口罩來，重新戴上，也不忘往鼻樑深深一壓。這段日子四處主張社交距離，可我還是選了他旁邊的座位安頓下來，任由外側的位置騰空，我們之間便只有那短小

褪色的扶手作為區隔。

　　於是我們說起話來。往常在升降機密封的箱子裏碰面，談的都是天氣和生活的繁忙，為着充塞那煎熬的分鐘。待銀亮色的門徐徐敞開，我們會客套地互相禮讓，我總是按着開門鍵讓他先行，然後我們背向彼此，朝兩扇設計風格殊異的門離去。他的大門古樸實在，我的比較嶄新雪白，背後藏着我們那個稱之為家的隱私的空間。我從不知道，這道距離我的生活極其接近的古樸的大門，後方有着怎樣的光景。鄰舍的家居永遠是個近在咫尺的秘密。

　　如今我們身穿便裝，機緣巧合地，在我們熟悉的社區裏，一個戶外的場所相遇。彷彿深交的好友，我們並肩坐着，沒有遵循政府廣告呼籲保持一點五米的距離。據說相比對立而坐，這樣的並列姿態更能避免對談時有飛沫傳播。我感到肩頭不期然向他靠攏，然後是一股強烈的連結的感覺。大抵我們都清楚知道，這是一段疏離的歲月，約會一再延期，防口沫的擋板在城市周遭急速冒起，我們拒絕擁抱和握手，餐桌上的信封內藏着口罩和彼此的猜疑。於是我們開始畏懼社交，相比病毒，我更怕對面的友人在輕碰我的手腕後，連忙擠出一掌消毒搓手液反覆搓揉的動作，潛水鏡似的透明眼罩後，露出躲閃而焦躁的神色。

　　我們不約而同，讓早晨散渙的眼投到滾軸溜冰場內，像失

巢的鳥吃力尋找一片可供着陸的土地，築起一個安穩無虞的棲身之所。那該是個沒有紛爭、瘟疫和煩愁的國度，只有延綿的草把我僵硬的背脊承托，容讓花朵把我簇擁，然後徹底放鬆。我想起他那溫室似的陽台，那個綠意盎然，卻只有數平方米的地方。滾軸溜冰場地上的漆油經長年暴曬，顯出淺淺淡淡的綠，上方浮現參差的刮痕、烏黑的鞋印、碎散的枯葉，鳥糞和一攤風乾了的毛茸茸的嘔吐物。以往每個清晨，從窗戶眺望下來，總有不少退休人士組隊，在此播放音樂，時而手執緞帶，時而手持利劍，舞動四肢。劍鋒匯聚光芒，把第一絲晨光投映上惺忪的眼簾，直刺破我賴床的念頭。如今我身在其中，彷彿融成了樹幹般靜止的景觀，默默地守候，等待能夠振臂高呼的舒展的一刻。

　　我們終究還是回到飲食的話題上，討論的卻再不是吃飯了沒有那種關乎時間和次序的問題。失序的時空裏，晝夜的界線是多麼的混沌而模糊，像我午夜驚醒時，輕易被深宵車輛的車頭燈蒙騙，把攀上天花、闖入睡眠的亮光誤看成曙光。他說寧可拐遠路，前往較遠的連鎖食店，也不光顧家樓下的那家。較遠的食店人潮比較疏落，外帶餐盒的設計也講究，即棄餐具由膠套獨立包裝，能避免店員直接握着膠羹的弧面然後丟進食物袋的畫面。他湊近我被口罩捆得有點鈍痛的耳邊，放輕聲音，補充說：那裏光顧的都是年輕人，顧客素質比較好。

　　我已忘記，久坐不動的我甚麼時候逐漸建立起鍛煉的習慣。每天我循着寥寥落落的老者，環繞滾軸溜冰場的範圍反覆繞圈，好像只有透過這種反覆而無甚意義的活動，才足以把一切顛倒常態的現象拋在身後。我們放眼望着不遠處的樓宇，大抵也同時默默地數算着，從地面往上數的第二層，左面昏暗的單位是我的家，右面的是他的，那裏伸延出一個露台，從鐵欄的漏孔中能瞥見蓊鬱的綠。一位婦人的身影在那裏若隱若現，她好像把甚麼送到耳邊，身旁他的手機便蕩出吵耳的鈴聲。他接通電話，目光注視起自家陽台的方向，隔着公園繁茂的樹，與妻子對話起來。我們都是觀看和被觀看的人。

　　直至我們回到大廈門前，更亭裏的保安員把口罩扯往下巴，握着筆在桌上寫着甚麼，看是周日賽馬的排位版。他提示我說，兩周後便要更換密碼。萬物敵不過改變，已然適應的數字規律終將被搗得碎散，然後永久遺忘。密碼鍵上的膠紙，四個數字的位置被戳出了深刻的孔，我並不知道這是否密碼需要被重置的原因，只知幾天後，一張簇新的膠紙會把它們全部覆蓋。

驛馬

「你咪行咁近，因住我一陣告你違反限聚令！」他調侃説。説時他把發毛的口罩扯往下巴，用手背擦了擦鼻子，嘴角上揚，露出一顆格外閃亮的金牙，其餘都是被煙草磨蝕得又黃又黑的、掉得所剩無幾的牙齒。

「啲差佬鬼得閒理你咩！馬會唔開，馬場無得入，唔通喺度睇下馬仔都唔得？超！——」他的眼睛仍停留在玻璃櫥窗後的眾多熒幕上，説時下巴一揚一揚的，口罩漸漸退到鼻子下，只能覆蓋着嘴巴。

他們都手握報紙，捲成紙筒的形狀，垂放身後，像一群乖順的寵物，等待屏幕上騎師的餵飼。旁邊的馬會下了閘，靠近落地窗的一列投注機，透過商場折射進去的燈光，若隱若現，輪廓朦朧，曾經滋生多少激烈與熱情的空間，如今落得了寂寥黯淡的局面。於是這群熱血沸騰的大叔轉移陣地，開始在商場的家電店門外聚集，以求馬若渴的目光注視陳列櫥窗上的一台又一台電視機。當中有舊式箱子似的款式，也有機體纖薄的新款電視機。數台電視機同時直播賽馬頻道，不難發現縱使同步

播放，畫面仍然有相當的落差——同一匹馬的鬃毛有深淺之別、同一場賽事衝刺的一刻有快慢之分。而且電視只有畫面，沒有旁述的聲音，聲音得依靠這群活躍的粉絲填補：「莫雷拉今日唔多掂！」「畀潘頓爬頭，有無搞錯！」「何澤堯唔簡單，香港人嘅驕傲。」評論此起彼落，可是只要仔細一聽，不難察覺眾人不過自說自話，發發牢騷，甚少補充或駁斥別人的說法。

屏幕顯示距離賽事開始尚餘 0 分鐘，話雖如此，馬匹逐漸埋閘，擾擾攘攘，總要拖個兩三分鐘。騎師及在場職員引領馬匹進入指定數字的欄，乖巧的馬很快被馴服，蓄勢待發等待閘門開啓的一瞬間。可是也有頑劣的馬不甘依循安排，極力抵抗，在欄後不斷踢蹄。父親在家見狀時會低聲暗罵，責怪此馬拖延賽事進度，我想大多數馬迷的眼中也如是，他們重視系統與效率，以不阻礙賽事程序為原則，像生產線忽然停止移動，貨品被迫滯留上方，使人懊惱。

我卻感到好奇，這匹頑劣的馬，此刻的抗拒行為到底源於甚麼情緒？是憤怒？抑或恐懼？在忽然豎立的門柵面前，牠將喪失短暫的自由，活動空間受限。疫情下的我們，大抵比誰都更能明瞭這種受拘束的無奈與不安吧。

在堪輿學的角度而言，馬屬火，是好動、精力充沛的象徵，牠們自由奔放，不受拘束，因此屬馬的人大多終日馬不停

蹄，最終事業有成。我非屬馬，可是按年初的運程書來看，
2020年我驛馬星動。所謂驛馬，即指本年多動才能多得，或許
往外地旅行經商，或許往較遠的地方尋求機會，方有所成。可
是我的驛馬偏偏遇上了新冠疫症，市民每天足不出戶，更遑論
要離開本城前往別的城市探索。我是個不甘留在家裏的人，疫
情期間事無大小，每天仍得外出走一趟，沒法子忍受身上同一
套睡衣從早掛到晚的憋悶感。除了公園，我最愛逛商場，往日
水洩不通的商場，大概只有這段日子能撥開人潮，讓我看到它
可愛的真貌。

　　眼下是個中小型商場，疫下人流少了，走道顯得比往日寬
闊，環境也好像冷了幾分。仍然人頭湧湧的只有食肆，準確而
言是食肆的店門，等待外賣的市民握着捲曲的單據，或展示外
賣程式介面的手機，盯着屏幕的數字，活似八十年代的股民，
聚攏交易所，神經分分地注視與自己關係密切的數字，並對與
己無干的數字視若無睹。他們多是二十至四十餘歲的少年和中
年，充足的防疫意識讓他們懂得維持適當的社交距離，店外空
間再狹小，也會刻意與旁人切割出舒適區，倒是他們年幼的子
女，視人們的腿為公園嬉戲的障礙物，自由穿梭其中，罔顧自
己與他人的界限。父母如何訓斥，怎樣拉着他們的手，孩子依
舊要跑要動。孩子嘛，總是得跌跌碰碰地成長，他們嚮往這個
世界，探索未知的可能，疫情在他們而言，除了可以逗留在家

不必冒風雨回校上課，大抵都是束縛，像臉上印滿卡通圖案的小童口罩，使她跑不過幾步已氣喘吁吁。

於是我察覺到，疫情裏的商場，人們都從店內移師店外。餐廳禁止堂食，店內空空如也，只有顯得過分寬闊的店面和冗餘的枱和凳，顧客聚在門外等候。家電店無人光顧，聚在店外的大叔圍觀賽馬，只因電視機都是朝着走廊播放的。一批復一批的外賣客、快遞員來了又去，向來缺乏耐性的我們，如今更缺乏耐性了，竭力縮短逗留公共空間的時間，行走的步伐迅速，目標何其清晰，不稍作停留。

恐怕整個商場裏，就只有這群馬迷大叔，樂意費上大半天的時間，站立原地觀看賽事。家電店店主沒有打發他們，大概因為疫情黯淡的市道下，門外有點人氣總比門可羅雀的慘況好。店主應該知道，這群人絕不是純粹經過的意思，他們就像品茗般品馬，評鑑騎師的能力、馬匹的血統、馬主的來歷，然後作出一廂情願的預測。他們可能素不相識，或許連對方的諢名也沒法喊出，可是在相同的興趣面前，又顯得那麼其樂融融，毫無防備和猜疑地聚在一塊兒。

一開閘，馬匹有如離弦之箭，騎師弓身、翹起屁股努力策騎。戴上面罩、繫上韁繩的馬匹，不為甚麼地奔跑，牠們是在逃避防不勝防的病毒嗎？電視機裏的跑道綠意盎然，觀眾席卻空無一人，美景在馬匹急速走動時，像走馬燈般快速流走了。

我從櫥窗玻璃的倒影中，瞥見身後快餐店來來去去的影子，與競賽中的馬匹相映成趣。

我踏出商場，繼續躑躅，漫無目的。我的驛馬運沒法通過外遊得到滿足，可是漫步我城，也未嘗不是種迎難而上的好方法。

向晚

　　半睜開眼，沒有預期的晨光，我的意識有點混沌，很費力才讓頭腦清醒過來。窗簾揚開了，扣在窗框手把的位置，沒有帶上，窗只小小推開一條縫，可我還是感受到風從那裏竄進來。我有點冷，想拉高肩上的被子，可是沒有足夠的決心，白天雙手那麼敏捷矯健，如今藏在被窩裏竟久久伸不出來，於是我放棄了，打算讓自己跌入另一個夢，卻赫然聽到大廳傳來微弱的聲音，好像有人在說話。難道是小偷？還是這陣子附近地盤打樁導致猖獗的鼠患？

　　我側着頭，豎直耳朵傾聽。這才發覺房子靜得嚇人，我甚至聽到空氣順着耳蝸迴紋盤旋的聲音。我慢慢接通思路，人聲的源頭是電視機。對了，我眺望窗外那片灰壓壓的天，聚焦起來，看到對面大廈好些格子都亮着燈，便確定這不是清晨，是黃昏。腦裏的記憶彷彿跨越好多個光年，終於接駁起來——今天一直流鼻水、打噴嚏，服了有睡意的藥，勉強工作了一陣子，淋浴後便倒臥床上小眠。沒想過醒來後天色已昏暗，心裏不忘咒罵一句。我想撐起身來，讓自己盡早回復清醒，可是四

肢軟軟地癱瘓着，好像垮在床上的這副軀體，再不屬於那個習慣賣力工作、爭分奪秒的靈魂。我的房門虛掩着，四邊門框描上淡淡的光。我知道爸在客廳看武打片，刀劍碰撞時的哐啷本聽得人心驚膽顫，卻礙於我睡眠，被爸調低了聲量。蓄了一腔暖意的被子，大概也是他關門前為我披上的。

想起一位中學老師，在我們期末試前打趣提醒道，溫習時必須保持清醒，一旦打盹，醒來時便會發現身體被挪動到床上，讓被子覆蓋着，而天色已晚。你們看着書桌合上的課本，熒光筆夾在進度停滯的一頁，隆起一個小丘，想必會恨錯難返。這則笑話可笑亦可悲，也不知是否因為它，我打從很久以前已厭惡午睡，有時睏得頭顱一墜一墜的，也只敢挨着衣櫃門，閉目養神。父母見狀，着我上床小寐一會兒，我以睡太久，晚上會害失眠為由搪塞過去。

事實是我懼怕醒來後，仍被漆黑纏繞的時差感。

我把身體支起來，感覺頭顱沉甸甸的，恍恍惚惚的暈眩感。窗外的世界被一幕灰藍籠罩，彷彿一滴水凝滯在霧化的瞬間，教人沒法揣摩它的形態。樹幹直直地佇立，沒有風讓它搖擺。這該是萬物甦醒的初春啊，怎麼沒法尋得一點綠意？於是我把期望轉移到毗鄰的大廈，盼望那些小格子在我的注視下逐一點亮，好讓我透過僅看到的室內裝潢，去構想每個家庭的故事。可是它們沒有。孤寂的景象裏，唯一的動態要數那襲遙遠

的陌生人影，看似在張羅晚飯，單位裏來回走動着。只是相隔太遠，我甚至連他/她的性別也無法判斷出來。這個攀上鏽跡的傍晚，天空宛如一個鐵錘子，直把床上這根微小的螺絲釘子敲下去，敲下去，鑽入地板下看不見的地方。

因此我害怕午睡，害怕鼓起勇氣、張開眼簾的瞬間，迎接我的是黑夜。在這個剛醒來的靜謐時刻，浮浮沉沉，我忽然悲傷起來。我懷念那些珍重收藏的面孔，他們當下在哪裏，向甚麼人微笑或皺眉？還有那些深刻的地方，這刻由誰來踐踏着？我好像看見辦講座時台下一雙雙求知若渴的眼，看見考試時考官肅穆的神情，看見他關切的模樣，還有她聳聳肩頭滿不在乎的樣子。這一切都是我嚮往的，卻因為一場午睡而顯得很渺遠，很渺遠……

我聽到遙控器輕碰鐵罐的聲音，便知道爸正要轉換頻道。一向多言的爸在不吭聲的時候其實還會發出無意識的輕哼，嗯嗯的低吟着，彷彿向自己肯定些甚麼。他知道自己的陋習嗎？知道大概也改不了，畢竟這是習慣。習慣是多牢固的事情啊，像一根用得鬆弛的麻繩捆出生活的軌跡，藉此勾勒我們的個性。個性值幾多斤兩？我不知道，我討厭一切數字的衡量。今早，打完兩個痛快的噴嚏後，鼻水源源流出時，我曾畏懼自己確診肺炎，畏懼自己被抬上擔架，被新聞小姐標籤一個數字，一個標示感染次序的號碼，一切有關自身的資訊（除了年齡和

住所）和生命的經歷（除了過往 14 天的行蹤），全都被輕易忽略和淡忘。

　　隔着門，我勉強聽到今天的確診人數，有增無減，好像成了習慣。習慣是多可怕的事情啊。我想起小時候，不知是畏懼黑暗，還是媽提出的，因為習慣在麻雀桌旁的嬰兒車上睡眠，我在有光和聲音的環境裏才能睡得安穩。這樣的怪癖當然很快被家人糾正過來，逐漸養成在寧靜和漆黑的環境裏睡眠的習慣。變回正常人，家人舒一口氣，以為事情告一段落。但現下，我從午睡醒來，夜幕悄然降臨，糊里糊塗中，我竟在隔絕的房間不安起來。原來我沒有成長，我一直畏懼未知的虛空，只有鎂光燈和掌聲的簇擁才讓我感到自己確確實實的存在着。

　　我是酉時出生的，傍晚時分，不只一次我曾想像過出生時候的天色：寒冬日，夜幕提前降臨，天色一片灰啞，下班的路人都拉緊羽絨外套，閉上五官逆風行走。我嘗試向父母探問，考證當天的情況，可他們的憶述只停留於室內，有關醫院蒼白的燈光和焦急的心，談到天色，他們都搔着頭面面相覷，我便知道，自己的誕生跟浪漫的意象——彩虹或艷紅的落日——扣不上關連。那時天色或許跟如今一樣灰沉、凝滯，直至二十多年後的今天，我在一個傍晚再次誕生。這樣想來，這二十多年恐怕只是場很漫長的夢，那些飄散得只餘殘影的片段，只是裏面一個個等待被遺忘的故事。甚麼時候，現實也開始變得像

夢境一樣，漸漸扭曲，以不同荒誕的形象展示眼前。怕毀於一旦，便只好擱在心中一隅，接納生活形態的轉變，養成新的習慣。像商場裏那些扭氣球的人，嫻熟地扭動吹脹的條狀氣球，摩擦時發出吱吱呀呀教人起疙瘩的聲音，扭出不同動物造型：貴婦狗、長頸鹿、捲耳兔等。我步經這樣的攤位時，總會加緊腳步走過，生怕氣球會在過分的擠壓下忽然爆破。

　　我呆坐床上，仍未適應現實的一切。聲量雖小，我也能聽見新聞主持陳述着一些數字，語調始終那麼平穩得體。大概他們像醫生，抽離是一種職業道德，把遠在海外的災難抑或近在社區的偷竊案拒諸遠遠的，好像切身的議題從不曾沾上他們端莊的儀表。我想起某些心靈受罪的日子，為着生活，踏入不同房間，仍得保持專業的笑容，在皮帶懸上三格電池圖案只餘一格的無線麥克風，飾演一個穩重的角色。幾節課堂完成，一眾頭顱朝我的方向鞠躬，孩子靈活的腰肢尚能彎得低低的，我回說一句再見，即使心裏明白以後也許再不會相見了。他們隨科任老師離開課室，按放學形式區分成校車組、家長接送組及自行放學組，依次排列，吱吱喳喳的像群小鴨子。他們沿着扁窄的樓梯下去，我跟從落後的自行放學組身後，刻意放慢腳步。我到傳達處簽署，歸還那塊繩索有點發黑的導師牌，回頭見負責老師雙手垂放身前，朝我微笑，便上前寒暄兩句，老師說班百厭精上堂嘈喧巴閉，真係失禮晒。我微笑，忙說貴校學生好

活潑，實在難得，然後自校門離去。從探頭探腦的家長群中擠出去，我忽然感傷起來，想到自己不知會否再來此處，而我又在這裏留下些甚麼？黃色鐵欄外，一位自行放學組男孩仍在路上走着，背上的大書包壓得需要翹起屁股來借力，好吃力的姿勢，像隻搖尾巴的鴨子。我掏出手機逕自掠過他，追趕三分鐘後即將靠站的巴士，把我運回熟悉的地方。我習慣倚在巴士上層靠左的窗，眺看風景。巴士由陌生的路徑拐彎，轉出一段似曾相識的路段。落日把我的臉染得紅亮，一股溫暖的安全感漫滿車廂。

　　冷漠無情。我跟學生私下甚少往來，父母偶爾會對我作這樣的評價。飯桌上，我想反駁些甚麼卻始終沒搭腔，嘴裏忙着咀嚼一根菜，堅韌的纖維怎也咬不斷，磨得雙頰都累了，唯有吐出一團苔蘚似的菜渣。我討厭這種骯髒之物，害怕一切親密廝磨後，需要收拾渾濁的渣滓。於是我開始疏於撥電話，懶於建立關係。他們該記起，中二那年一個尋常下午，我帶着一眶眼淚回家，只為一個剛認識不久的陌生人，離開了他固定的崗位，沒有向我辭別。那天課後我在巴士下層，坐倒車位，窗外的景物不斷向前跑，唯獨我落後，退化成嬰兒似的。可能是氣流關係，胸口有點擠壓，耐不住就淌淚。坐斜對面的是個穿熱褲的長髮少女，她大概被眼前忽然感傷的學生嚇到，連忙把耳機推得更深，側着臉觀察起窗外的街景來。那時我覺得她很冷

漠，現在想來，倒覺得那是一份世故。智能手機尚未普及的年代，少女的耳機插上一部揭蓋手機，上方還懸着一條軍曹電話繩，隨車子一晃一盪。

　　一輛私家車緩慢泊進毗鄰大廈的停車場，車頭燈射出刺眼的光芒，像眼睛睜得老大的黑貓，從不能預知的方向撲出來，抓破凝滯的時空。我開燈，光明照亮一室，黑糊糊的窗子倒映了我病懨懨的面容，忽然感到蒼老。那些我不再惦記的人，或者仍然牽掛的人；那些曾踏足的地方，或未曾駐足，只從車窗飛掠過的光景，在這個當下，是否也同樣陷入教人心慌的寂靜？

　　我聽到按鈕聲，風便從窗縫颼颼竄進來，我知道媽在廚房煮晚飯，開了排氣扇。最近腸胃欠佳，午睡後渾渾噩噩更失去食慾。今夜我大概會吃很少，像個老頭一樣，只吃鬆軟綿柔的食物，疲於咀嚼。

季節

「人事每天多變更　誰亦盼望有一些預感　無奈風雨偏要驟來　叫你失信心」

　　彷彿只是昨日，我們並肩坐在這張椅上。這是一張殘舊的鐵椅，位於天橋底，那天下午陽光正猛，我們折騰了幾番，最終貪圖天橋底能遮蔭才選這張椅。更換位置的過程我的話切割得碎散，我還以為，停駐的地方寓意永恆。椅面滿佈小洞，大概是雨後，方便積水能輕易越過這些密麻麻的小孔，流瀉地上，然後蒸發，好像不曾存在過。直至椅面乾透，後來者繼續前來坐下，歇息，感受微風捎來芳香的際遇。你是雨水嗎？在無法揣摩的風向裏，把橋下的我沾濕，又等待適合的時間悄然蒸發，好像不曾存在過。長椅表面磨得光亮，好些地方油漆已經剝落，露出灰冷的鐵的顏色。我仍記得那天的一切：暑熱未盡的初秋，椅子被撒在旁邊的陽光烘得微暖，坐下去時臀部不覺冰冷。橋上車輛為生活奔馳，唯獨我們在橋下停滯。我們之間有一根短小的扶手將座位切割，你坐在面向陽光的一邊，我

坐在陰影裏，弄不懂這到底是一種體貼，還是預言今天的一則隱喻。說話時我的頭壓得低低的，逃避你臉上耀眼的光暈，句子越沉重，我的眼睛歪得越遠，斜瞧着旁邊的公園。我不懂表達關懷，訊息裏總是將輸入了的句子完整地刪去。你好像也一樣，喜歡發表偉論的嘴巴忽然變得謹慎。我記得你歪過臉，緊盯光源的模樣，眼鏡呈深刻的褐，乍看下，像個渴望陽光和溫暖的瞎子。我沒想過這一切會成為虛妄的過去。大半年來的風雨摧毀了太多，長椅一直沒有風乾，又濕又冷的。我將背包裏的一疊報紙展開，抽出招聘版和風月版，鋪放在那天坐的位置上，任由你的位置丟空。報紙遇水，頃刻融成紙屑，內頁的低胸女郎與一則徵婚啟事糊成一團。化開的油墨大抵會沿孔洞漏走，帶着遺憾的文字，一點一點蒸發掉。

「愁像朔風心裏侵　炎夏有熱熾的歡樂感　煩惱似春風秋雨　季節又似人生」

　　隱約聽到搓麻雀的聲音，噼噼啪啪，很刺耳，儘管我知道它來自很渺遠的地方。我仰臥床上，糾結是否應該為剛泡過熱水的身體蓋上一張毯子，免得受涼。窗縫在我躺下前已經拉緊了，只留有一條小小的空隙，我看見一隻小蟲在半空飛來飛去。那不是一隻蚊子，也不是蒼蠅，飛過時沒有為自己留下刺耳的音軌，只靜靜的遨遊着，好像在尋找一個出口。春季潮

濕，屋裏間或會飄進這樣無傷大雅的昆蟲，除非過於困擾，否則我不會揚起報紙卷兒，狠狠拍下去，弄髒我的牆壁。狹窄的窗縫太小了，牠溜不出去，唯有伏在天花上，吸食沾塵的水泥。我轉過頭，四肢仍抓緊涼涼的天花，扭過頭時脖子有點疼，大概是最近少了伸展的機會。從屋蓋俯瞰這小小的房間，躺着的年輕人那麼面善，帶着瘦棱棱的軀幹，好像稍一不慎，胸骨便會陷下去似的。他到底煩惱些甚麼呢？浴後躺在床上思考，小寐片刻，難道不是很值得感恩的事情嗎？倏忽，我纖幼的肢體鬆脫，要從天花板墜落時，趕忙張開薄薄的翅，才發現我已失去飛翔的能力。我無力地下墜，剛好落入睡覺的年輕人微張着的唇葉間，墮落一個潮濕的沼澤。喉頭一陣癢痛叫我醒來，乾咳幾聲，彷彿連同半刻前的夢也咳了出來。我沒法記憶，哪怕我是記憶的主體。想了很久，只依稀記得居高臨下的視角，還有浸泡水中清涼的感覺，每一寸肌膚的毛孔都在擴張然後收縮。渺遠的麻雀聲再次揚起，那四個我不認識的陌生婦人贏了多少局，又賠了多少圈呢？野鴿降臨窗外的冷氣槽，我聽見爪子摩擦鋁板的聲音，咕嚕幾句，拍翼便飛出天井。迷迷糊糊間，我好像看見窗框嵌入很多條縱向的鐵枝，我是籠裏的一隻鳥。

「建立也是人　破壞也是人　雙方都不斷鬥爭　發掘你潛能　去面對新競爭」

這段期間，我們外出總是朝着明確的目標，一周兩三趟下樓購物，我提着環保袋低頭疾走，免得碰上社區裏熟悉的面孔，又得停下腳步來寒暄。於是我比以往更仔細觀察道路，才發現地上斑斑駁駁的滿是灰白色的混凝土，一種很不協調的感覺，像一幅不完整的拼圖，丟失的板塊位置漏空了，露出灰色的硬卡紙板。污水在不平坦的位置集合成水窪，陽光照下去，混凝土閃現幾分光澤，我便知道這是不久前塗上的。我想起那些磚塊被撬開，均勻攤放馬路堵塞交通的畫面。他們有的呐喊，有的握着磚頭揮舞，那天我跟現在一樣，低頭匆匆走過街道，迴避一切目光。只是如今，世界陷入了沉默，人們安靜地行走，地盤安靜地打樁，戴面罩的小狗安靜地把鼻子湊向燈柱，安靜地提起後腿撒尿。裝着一扎扎鐵通和建築材料的斗車從地盤倒駛出來，排成列的汽車耐心等待，變得很禮讓，沒有一輛車子鼓噪。地盤儘管被印有美麗聯想的樓盤宣傳板重重圍繞，鑲了玻璃幕牆的豪宅會所還是拔地而起。兩個畫面交錯重疊，叫我不由得想到一個握着磚頭的人，朝這座建築物扔過去。驕傲折射着陽光的玻璃將會爆破，碎片散佈整個社區。現實世界變得不再現實，虛幻頓成常態。當我坐在手提電腦前，上身披一件只扣了三顆鈕子的襯衣，下身仍是那條磨破了洞的睡褲，開啟Zoom等待學生的英文名字逐一冒出時，便會生起這種荒謬的感覺。我好像還未學會以容貌和聲線辨認他們，與

會者已經把錄像鏡頭和麥克風給關了。於是這個本應有數十人的線上教室陷入了沉默。偶爾教學途中，我會聽到一點窸窸窣窣的雜音。那個忘記靜音的疏忽的孩子，大概正在電腦前吞食着一個杯麵。滑落到鼻尖的眼鏡，讓不斷騰升的蒸汽染得朦朧。

「常言道怨亦要做人　笑亦要做人　冷或暖生自你心　惡運到盡頭　好景即將降臨」

我進入廚房，開水喉，把鑊湊近去，兜了一瓢水。放回爐頭，開火，等待水煮得沸騰，透明鑊蓋滿佈水珠子，才把盛着兩個凍包的瓷碟輕輕放進去。今天我選擇了沙爹牛肉包和番薯包，是昨天從唐記買回來的，一共十塊錢，生活顯得那麼簡單。每次我總是買兩個，兩個包的款式不愛重複，店員向我推銷是日精選，十二蚊三個菜肉包，好抵食。我執意搖搖頭，從零錢包裏掏出一枚老實的十元銀幣，遞過去。凍包買回家，放在雪櫃冷藏，留待翌日中午翻熱吃。日子有鹹也有甜，因此我的習慣是購買鹹甜包各一個，好像味道的取捨能隱喻日子變得更好。鹹包我會選叉燒、菜脯或沙爹牛肉，甜包是番薯、奶黃和香芋，六款包子組成不同的配搭。我喜歡甜包的顏色，番薯的淡褐，奶黃的嫩黃，香芋的粉紫，好不漂亮。我會先吃鹹包，讓它們多留在碟子一陣子，供我觀賞，直至瓷碟不再冒

煙。今天風有點急,剛才教學時坐得有點冷,便把僅有的窗縫都關上了,蒸包子後滿屋的窗子都塗上一層薄薄的水氣,一片春意正濃的樣子。窗外天色依然灰沉,家在低層,很容易就能看見街上的路人,他們好像已經習慣把天空扣在耳背,遮擋情緒,許多說話都在密封的呼吸中醞釀,為省一口氣,也懶得多言,世界恢復了沉默。我提起放涼了的番薯包,將包腹的紙撕去。紙上除了印有該款包的名字外,還有一個可愛的、廚師造型的公仔。他面帶笑容,似乎對明天抱持希望。

「明天將更近」

本書作品刊登及獲獎記錄

作品名稱	發表時間	發表刊物/曾獲獎項
邂逅	2019 年 5 月	第二屆恒大中文文學獎大專組亞軍
	2019 年 10 月	《香港文學》第 418 期
鞋子	2019 年 11 月	第七屆全球華文青年文學獎散文組亞軍
潮	2019 年 11 月	《香港文學》第 419 期
色差	2020 年 1 月	《大頭菜文藝月刊》第 53 期
失而復得	2020 年 2 月	《大頭菜文藝月刊》第 54 期
線頭	2020 年 5 月	《大頭菜文藝月刊》第 57 期
季節	2020 年 6 月	《大頭菜文藝月刊》第 58 期
擬物課	2020 年 10 月	2020 年中文文學創作獎散文組第一名
彈珠機	2020 年 11 月	《大頭菜文藝月刊》第 61 期
生果	2020 年 12 月	《大頭菜文藝月刊》第 62 期
夾娃娃機	2021 年 2 月	《大頭菜文藝月刊》第 64 期
門	2021 年 2 月	《字花·別字》第 35 期
近鄰	2021 年 2 月	《城市文藝》第 110 期
皮膚病	2021 年 4 月	第十一屆大學文學獎散文組冠軍
	2021 年 6 月	《城市文藝》第 112 期
彩泥與黏土	2021 年 6 月	《大頭菜文藝月刊》第 68 期
芒刺在血裏流淌	2022 年 1 月	《香港文學》第 445 期
驛馬	2022 年 4 月	明窗出版社《非常時代：文學碎音》
耆跡	2022 年 6 月	《城市文藝》第 118 期
封箱的記憶	2022 年 7 月	《周末飲茶》第 2 期
白弟	2022 年 8 月	《香港文學》第 452 期
床褥	2022 年 12 月	《大頭菜文藝月刊》第 82 期
向晚	2023 年 1 月	《大頭菜文藝月刊》第 83 期
你我的歸途	2023 年 3 月	《香港文學》第 459 期
春草	2023 年 6 月	《周末飲茶》第 4 期

責任編輯：羅國洪

封面設計：張錦良

沙潮集

吳俊賢　著

出　　版：匯智出版有限公司

　　　　　香港九龍尖沙咀赫德道2A首邦行8樓803室

　　　　　電話：2390 0605　　傳真：2142 3161

　　　　　網址：http://www.ip.com.hk

發　　行：聯合新零售 (香港) 有限公司

　　　　　香港新界荃灣德士古道220-248號荃灣工業中心16樓

　　　　　電話：2150 2100　　傳真：2407 3062

印　　刷：陽光 (彩美) 印刷有限公司

版　　次：2023年5月初版

國際書號：978-988-76911-0-5

香港藝術發展局全力支持藝術表達自由，本計劃
內容並不反映本局意見。